★idolo
teen

Obras da autora publicadas pela Editora Record:

Avalon High
Avalon High — A coroação:
a profecia de Merlin
Cabeça de vento
Sendo Nikki
Como ser popular
Ela foi até o fim
A garota americana
Quase pronta
O garoto da casa ao lado
Garoto encontra garota
Todo garoto tem
Ídolo teen
Pegando fogo!
A rainha da fofoca
A rainha da fofoca em Nova York
A rainha da fofoca: Fisgada
Sorte ou azar?
Tamanho 42 não é gorda
Tamanho 44 também não é gorda
Tamanho não importa
Liberte meu coração
Insaciável
Mordida

Série O Diário da Princesa
O diário da princesa
Princesa sob os refletores
Princesa apaixonada
Princesa à espera
Princesa de rosa-shocking
Princesa em treinamento
Princesa na balada
Princesa no limite
Princesa Mia
Princesa para sempre

Lições de princesa
O presente da princesa

Série A Mediadora
A terra das sombras
O arcano nove
Reunião
A hora mais sombria
Assombrado
Crepúsculo

Série As leis de Allie Finkle para meninas
Dia da mudança
A garota nova
Melhores amigas para sempre?

Série Desaparecidos
Quando cai o raio
Codinome Cassandra

Meg Cabot

ídolo teen

Tradução de
ALVES CALADO

5ª edição

Rio de Janeiro | 2012

CIP-Brasil. Catalogação na fonte
Sindicato Nacional dos Editores de Livros, RJ.

C116i
5ª ed.
Cabot, Meg, 1967-
Ídolo teen / Meg Cabot; tradução Alves Calado. – 5ª ed. – Rio de Janeiro:
Galera Record, 2012.

Tradução de: Teen idol
ISBN 978-85-01-07427-0

1. Escolas secundárias – Literatura juvenil. 2. Adolescentes – Literatura
juvenil. 3. Celebridades – Literatura juvenil. I. Calado, Alves, 1953- .
II. Título.

06-3054

CDD – 028.5
CDU – 087.5

Título original norte-americano
TEEN IDOL

Copyright © 2004 by Meggin Cabot

Publicado mediante acordo com Simon Pulse, uma divisão da
Simon & Schuster Children's Publishing Division

Texto revisado segundo o novo Acordo Ortográfico da Língua Portuguesa.

Todos os direitos reservados. Proibida a reprodução,
no todo ou em parte, através de quaisquer meios.

Direitos exclusivos de publicação em língua portuguesa para o Brasil
adquiridos pela
EDITORA RECORD LTDA.
Rua Argentina 171 – Rio de Janeiro, RJ – 20921-380 – Tel.: 2585-2000
que se reserva a propriedade literária desta tradução

Impresso no Brasil

ISBN 978-85-01-07427-0

Seja um leitor preferencial Record.
Cadastre-se e receba informações sobre nossos
lançamentos e nossas promoções.

EDITORA AFILIADA

Atendimento e venda direta ao leitor:
mdireto@record.com.br ou (21) 2585-2002.

Para Benjamin

Agradecimentos

Muito obrigada a todos os que ajudaram na criação deste livro, inclusive Beth Ader, Jennifer Brown, Bill Contardi, Michele Jaffe, Laura Langlie e Abgail McAden, e os professores e alunos da Bloomington High School, entre 1981 e 1985, nos quais a autora jura que nenhum dos personagens deste livro foi baseado.

Pergunte à Annie

Faça à Annie suas perguntas de relacionamento pessoal mais complexas. Ande, tome coragem! Todas as cartas à Annie estão sujeitas a publicação no *Register* da Escola Clayton. Os nomes e endereços de *e-mail* dos que enviarem as correspondências serão mantidos em segredo.

Querida Annie,

Minha madrasta vive dizendo que tudo de que eu gosto é maligno, e que eu não deveria gostar disso ou daquilo porque quando morrer vou para o inferno. Ela acha que ouvir rock, ler livros de fantasia e assistir à MTV é pecado. Fica falando sem parar que a música, os livros e as pessoas de quem eu gosto são malignos.

Eu respeito as coisas das quais ela gosta e acho que ela deveria respeitar as coisas de que gosto também. O que você acha, Annie?

Indo para o Inferno

Querida Indo para o Inferno,

Diga à sua madrasta para ficar fria. Você não vai para o inferno. Você já está nele.

Chama-se Ensino Médio.

Annie

Um

Vi o sequestro de Betty Ann Mulvaney.

Bem, eu e as 23 outras pessoas da turma de latim no primeiro período da Escola Clayton (população: 1.200 alunos).

Mas, diferentemente de todo mundo, fiz alguma coisa para tentar impedir. Bem, mais ou menos. Falei:

— Kurt. O que você está fazendo?

Kurt só revirou os olhos. Falou:

— Fica fria, Jen. É brincadeira, certo?

Mas olha só: realmente não há nada de tão engraçado no modo como Kurt Schraeder arrancou Betty Ann da mesa da sra. Mulvaney, depois a enfiou em sua JanSport. Parte do cabelo de lã amarela ficou presa no zíper da mochila e coisa e tal.

Kurt não se importou. Só continuou fechando o zíper.

Eu deveria ter dito mais alguma coisa. Deveria ter dito: *Ponha ela de volta no lugar, Kurt.*

Mas não disse. Não disse porque... bem, mais tarde volto a essa parte. Além disso sabia que era uma causa perdida. Kurt já estava comemorando com todos os amigos, os outros machões que ficam na última fila e só fazem a matéria (pela segunda vez, depois de ter tentado no primeiro ano e, aparentemente, não ter se dado tão bem) na esperança de conseguir notas maiores na parte verbal do Teste de Aptidão Escolar, e não por amor pela cultura latina, porque ouviram dizer que a sra. Mulvaney é boa professora ou por qualquer outra coisa.

Kurt e seus colegas tiveram de esconder os risinhos atrás de seus livros *Paulus et Lucia*, quando a sra. Mulvaney entrou depois da segunda campainha, com uma xícara de café fumegante na mão.

Como faz todas as manhãs, a sra. Mulvaney entoou para nós *"Aurora interea miseris mortalibus alman extulerat lucem referes opera atque labores"* (basicamente: "É outra manhã de bosta, então vamos trabalhar"), depois pegou um pedaço de giz e ordenou que escrevêssemos o tempo presente de *gaudeo, -ere*.

Nem notou que Betty Ann havia sumido.

Pelo menos até o terceiro período, quando minha melhor amiga, Trina (diminutivo de Catrina: ela diz que não pensa em si mesma como sendo particularmente felina apesar do nome, só que, você sabe, não sei bem se concordo), que frequenta a aula dela nesse horário, disse que a sra. Mulvaney estava no meio de uma explicação do particípio passado quando notou o lugar vazio na mesa.

Segundo Trina, a sra. Mulvaney disse:

— Betty Ann? — numa voz aguda e engraçada.

Mas nesse ponto, claro, toda a escola sabia que Kurt Schraeder estava com Betty Ann enfiada em seu armário. Mesmo assim ninguém disse nada. Porque todo mundo gosta do Kurt.

Bom, isso não é totalmente verdadeiro. Mas as pessoas que não gostam dele têm medo demais para dizer alguma coisa, porque Kurt é presidente da turma do último ano e capitão do time de futebol americano e poderia esmagá-las com um olhar, como o Magneto dos *X-Men*.

Não de verdade, claro, mas você sacou. Quero dizer, ninguém se mete na frente de um cara como o Kurt Schraeder. Se ele quiser sequestrar a boneca Moranguinho de uma professora, você deixa, caso contrário vai acabar comendo o lanche sozinha perto do mastro da bandeira, como Vera Vaca, ou vai correr o risco de ter um saco de batatas fritas jogado na cabeça ou algo do tipo.

Mas o negócio é que a sra. Mulvaney adora aquela boneca idiota. Olha, todo ano, no primeiro dia de aula, ela veste a boneca com um uniforme imbecil de chefe de torcida da Escola Clayton, que mandou fazer na So-Fro Fabrics.

E no Halloween, veste Betty Ann com uma roupinha de bruxa, de chapéu pontudo, vassourinha e coisa e tal. E no Natal, veste Betty Ann como um ajudante de Papai Noel. Há uma roupa de Páscoa, também, mas a sra. Mulvaney não chama assim, por causa do negócio da separação entre igreja e Estado. A sra. Mulvaney só diz que é o vestido de primavera de Betty Ann.

Mas vem com uma boinazinha florida e um cesto cheio de ovos de passarinho, de verdade, que alguém deu a ela há muito tempo, provavelmente lá pelos anos 1980, quando alguma antiga turma que se formava deu Betty Ann de presente à sra. Mulvaney. Porque os alunos sentiam pena da sra. Mulvaney, já que ela é realmente uma professora boa, mas nunca conseguiu ter filhos.

Pelo menos é o que contam. Não sei se é verdade. Bom, a não ser a parte de a sra. M. ser boa professora. Porque é, de montão. E a parte de não ter filhos.

Mas o resto... não sei.

O que sei é que aqui estamos: quase no último mês do meu primeiro ano — Betty Ann estava usando sua roupa de verão: macacão com chapéu de palha, como Huck Finn, quando desapareceu — e eu estava ali, preocupada com ela. Uma boneca. Uma *boneca* idiota.

— Você não acha que vão fazer alguma coisa com ela, acha? — perguntei a Trina naquele mesmo dia, no ensaio do coral. Trina se preocupa com a hipótese de eu não ter muitas atividades extracurriculares no meu boletim, já que só faço ler. Por isso sugeriu que eu fizesse coral com ela.

Só que, por acaso, Trina me deu uma ideia *ligeiramente* errada do que é o coral. Em vez de uma atividade extracurricular divertida, é uma barra — tive de fazer teste e tudo. Não sou a melhor cantora do mundo nem nada, mas eles precisavam realmente de contraltos, e como acho que sou contralto, entrei. As contraltos fazem principalmente lá-lá-lá na mesma nota enquanto as sopranos cantam todas aquelas escalas, as letras, e coisa e tal, de modo que é maneiro, porque eu basicamente fico lá sentada fazendo lá-lá-lá na mesma nota e lendo um livro, já que Karen Sue Walters, a soprano que fica na minha frente, tem um cabelo totalmente enorme, e o sr. Hall, regente dos Trovadores — isso mesmo: o coral da nossa escola tem até nome —, não pode ver o que estou fazendo.

O sr. Hall obriga todas as garotas a usar sutiã com enchimento por baixo da blusa, para "uniformidade de aparência", quando nos apresentamos, o que é meio papo-furado, mas tudo bem. É bom para o currículo. Fazer parte do coral. Não o sutiã.

Não sei se algum dia vou perdoar Trina é pela dança. Sério. A gente tem de dançar enquanto canta... bem, não dançar de verdade, mas tipo mover os braços. E não sou a melhor movimentadora de braços do mundo. Não tenho absolutamente nenhuma noção de ritmo.

Uma coisa que o sr. Hall se sente obrigado a dizer umas três vezes por dia.

— E se cortarem a orelha dela? — sussurrei para Trina. Tinha de sussurrar porque o sr. Hall estava trabalhando com os tenores a algumas fileiras de nós. Estamos nos preparando para um grande concurso estadual de corais, Bispo Luers, é como se chama, e o sr. Hall anda meio tenso com isso. Tipo gritando comigo por causa dos meus movimentos de braços quatro ou até *cinco* vezes por dia, em vez de as três normais. — E mandarem para a sra. M. com um bilhete pedindo resgate? Eles não vão fazer nada assim, vão? O que você acha? Puxa, é destruição de propriedade privada.

— Ah, meu Deus — disse Trina. Ela é uma primeiro-soprano e se senta perto de Karen Sue Walters. As primeiros-sopranos, pelo que notei, são meio mandonas. Mas acho que é meio compreensível, já que também têm de fazer todo o trabalho, você sabe, alcançando aquelas notas agudas. — Quer cair na real? É só uma pegadinha, certo? Os caras do último ano fazem uma todo ano. Afinal, qual é a sua? Você não ficou tão chateada assim com aquele bode idiota.

A pegadinha da turma que se formou no ano passado foi colocar um bode no teto do ginásio. Nem sei o que há de engraçado nisso. Quero dizer, o bode poderia ter se machucado seriamente.

— É, só que... — Eu não conseguia afastar da cabeça o cabelo de lã da Betty Ann ficando preso naquele zíper. — É só que parece *errado* demais. A sra. Mulvaney adora realmente aquela boneca.

— E daí? É só uma boneca.

Só que, para a sra. Mulvaney, Betty Ann é mais do que uma boneca. Tenho certeza.

De qualquer modo, aquela coisa estava me incomodando tanto que, depois das aulas, quando fui para a redação do *Register* — é o nome do jornal da escola, onde trabalho na maior parte dos dias... não para melhorar o índice de atividades extracurriculares, mas porque gosto mesmo —, falei na reunião de pauta que alguém deveria fazer uma matéria sobre isso. Quero dizer, sobre o sequestro de Betty Ann Mulvaney.

— Uma matéria sobre uma boneca — disse Geri Lynn Packard.

Geri Lynn balançou sua lata de Diet Coke enquanto falava. Geri Lynn gosta de Diet Coke sem gás, por isso balança a lata até o gás sair, antes de beber. Eu, pessoalmente, acho o gosto de refrigerante sem gás meio esquisito, mas esta não é a coisa mais esquisita em Geri Lynn. A coisa mais esquisita nela, se você me perguntar, pelo menos, é que toda vez que ela e Scott Bennett, o editor do jornal, se embolam na sala de jogos do porão da casa dela, Geri desenha um coraçãozinho na agenda, para marcar a ocasião.

Sei disso porque ela me mostrou uma vez. Quero dizer, a agenda. Havia um coração praticamente em todas as páginas.

O que é meio engraçado. Quero dizer, Geri e Scott namorarem. Porque eu, e praticamente todas as outras pessoas do *Register*, esperávamos que Geri Lynn fosse nomeada a editora-chefe deste ano —

inclusive, suspeito, a própria Geri Lynn. Quero dizer, até o verão passado Scott nem tinha se mudado para Clayton.

Bom, isso não é totalmente verdade. Ele morou aqui. Nós dois até estudamos na mesma turma na quinta série. Não que a gente se falasse nem nada. Quero dizer, a gente não fala com pessoas do sexo oposto na quinta série. E, para começar, Scott nunca foi de falar muito.

Mas ele e eu costumávamos pegar os mesmos livros "caídos" na biblioteca da escola. Você sabe, não os populares, como biografias de Michael Jordan, *Uma pequena casa na campina* ou algo assim, mas livros de ficção científica e fantasia como *O enigma de Andrômeda*, *As crônicas marcianas* ou *Viagem fantástica*. Livros que faziam a bibliotecária franzir a testa quando a gente pegava, e depois dizer: "Tem certeza que este é o tipo de livro que você quer, querida?" porque não estavam no nosso nível de leitura ou algo assim.

Não que a gente tenha conversado sobre eles ou algo do tipo. Quero dizer, sobre os livros que Scott e eu estávamos lendo. Só sei que ele lia os mesmo livros que eu porque, sempre que ia pegá-los, a assinatura de Scott estava lá, bem acima da minha, no cartão de retiradas.

Então os pais de Scott se separaram, ele foi morar com a mãe e nunca mais o vi, até o verão passado, quando o pessoal do *Register* foi obrigado a ir a um retiro patrocinado pela escola com nosso orientador, o sr. Shea, que fez todo mundo participar de um bocado de jogos de confiança, para aprendermos a trabalhar juntos, como uma equipe. Eu estava ali parada no estacionamento, esperando para entrar no ônibus do retiro, quando um carro parou e adivinha só quem saiu de dentro?

É, o Scott Bennett. Por acaso ele tinha decidido vir morar com o pai, numa tentativa, e mandou alguns recortes do jornal de sua outra escola, e o sr. Shea o deixou entrar para o *Register.*

E mesmo sendo como se a cabeça de Scott tivesse sido transplantada para o corpo de uma das estátuas de deuses da sra. Mulvaney ou algo do tipo — porque ele estava um metro mais alto e tinha virado totalmente um gato desde, você sabe, os dez anos —, dava para ver que ainda era o mesmo Scott. Porque tinha um exemplar de *O apanhador de sonhos* se projetando da mochila, livro que eu, claro, estivera pensando em ler.

No fim do retiro o sr. Shea pediu ao Scott para ser editor, porque ele mostrava fortes qualidades de liderança e também porque tinha escrito um texto totalmente fantástico, durante um exercício de escrita livre, falando de quando era o único garoto numa turma de culinária, e fora obrigado a frequentar a aula depois de ter passado por alguma encrenca em Milwaukee, onde havia morado com a mãe. Acho que Scott tinha sido meio delinquente por lá ou algo assim, aprontando e coisa e tal, e as autoridades o puseram num programa experimental para garotos que corriam risco.

Tinham-lhe dado uma escolha: oficina mecânica ou aula de culinária.

Scott foi o único cara da história do programa que escolheu a aula de culinária.

De qualquer modo, no texto, Scott escreveu que no primeiro dia de aula a professora de culinária pegou noz-branca amassada e disse:

— Vamos fazer sopa com isso. — E Scott pensou que ela era outra mentirosa descarada, como todos os adultos que conhecia.

E terminaram fazendo sopa de noz-branca amassada, e isso mudou a vida de Scott. Nunca mais entrou em encrenca.

O único problema, segundo ele, é que aparentemente não conseguia parar de querer cozinhar coisas.

Claro que o texto de Scott, por melhor que fosse, talvez não tivesse lhe rendido o cargo de editor-chefe se Geri Lynn participasse do retiro, para lembrar ao sr. Shea — como indubitavelmente teria feito, já que Geri não era tímida — que nomear Scott para um cargo tão importante não era justo, já que Geri era do último ano e tinha cumprido com todos os deveres, ao passo que Scott ainda era do primeiro, era novo na Escola Clayton etc.

Mas Geri tinha escolhido passar o verão na colônia de jornalismo televisivo, na Califórnia (é, por acaso existe isso — e Geri Lynn já é tão boa em bater papo quanto Mary Hart do *Entertainment Tonight* a ponto de ter conseguido uma bolsa para ir para lá), por isso nem foi ao retiro.

Mesmo assim aceitou com elegância a decisão do sr. Shea. Talvez seja algo que ensinam numa colônia de férias de jornalismo televisivo. Você sabe, como ser elegante com as coisas. Na verdade, não aprendemos nada assim no retiro — mas nos divertimos um bocado curtindo com a cara do sr. Shea. Como quando o sr. Shea mandou a gente fazer um exercício de autoconfiança em que todo o pessoal precisava passar por cima de um tronco preso entre duas árvores, a dois metros do chão, no meio do mato, sem deixar ninguém do outro lado (eu falei que os exercícios eram realmente, realmente imbecis?), sem usar escada nem nada, só as mãos, porque uma onda gigantesca de creme de amendoim vinha caindo na nossa direção.

Já falei que o senso de humor do sr. Shea também é realmente, realmente imbecil?

De qualquer modo, quando todos nós ficamos ali parados olhando o sr. Shea como se fosse maluco, ele disse:

— Vocês aguentam o tranco?

E Scott mandou na bucha:

— Na verdade, sr. Shea, a gente não aguenta é o tronco.

Foi quando soubemos que Scott tinha todas as qualidades necessárias para o cargo de editor-chefe. Até Geri Lynn (quando as aulas recomeçaram no outono e ela descobriu que tinha perdido o cargo que tanto queria) pareceu reconhecer as capacidades superiores de liderança de Scott. Pelo menos o primeiro coraçãozinho apareceu em sua agenda uma semana depois do início do semestre, por isso acho que ela não guardou mágoas nem nada.

— Acho que vai ser ótimo — foi o que disse Scott sobre a minha ideia. Você sabe, a de fazer uma matéria sobre o sequestro de Betty Ann. — Vai ser engraçado. Podemos fazer um daqueles cartazes de pessoa desaparecida, como aqueles que são pendurados no correio. E oferecer uma recompensa em nome da sra. Mulvaney.

Geri Lynn parou de sacudir a lata de refrigerante. Quando a lata de Geri para de se sacudir é sinal de que todo mundo deve se abaixar. Porque Geri tem um temperamento barra-pesada. Acho que não oferecem programas de treinamento sobre isso naquela colônia de jornalismo televisivo.

— É a coisa mais idiota que já ouvi — disse ela. — Uma *recompensa*? Pela devolução de uma BONECA?

— Mas Betty Ann não é somente uma boneca — argumentou Scott. — Ela é como a mascote não oficial da escola.

O que só é verdade, porque o verdadeiro mascote da nossa escola é uma lástima. Somos os Galos de Clayton. O negócio todo é patético. Não que importe, já que nossa escola perde todos os jogos em todos os esportes de que participa.

Mas você deveria ver a roupa de galo. É o maior mico, no duro. Muito maior do que ter uma boneca como mascote.

— Acho que Jen está certa — disse Scott, ignorando a careta de Geri. — Kwang, por que não escreve alguma coisa?

Kwang assentiu e fez uma anotação em seu Palm Pilot. Mantive o olhar no meu bloco, esperando que Geri Lynn não estivesse furiosa comigo. Puxa, não considero Geri uma das minhas melhores amigas nem nada, mas ela e eu almoçamos juntas todo dia e, além disso, *somos* as únicas garotas do jornal (bem, a não ser por duas calouras, mas imagina só, como se elas tivessem importância!) e Geri me contava um bocado de coisas — tipo o negócio dos corações... para não mencionar o fato de que Scott é um beijador fenomenal com, digamos, excelente capacidade de sucção.

Ah, e que nas manhãs de domingo ele frequentemente prepara mil-folhas de maçã.

Adoro mil-folhas de maçã. Mas Geri Lynn não come. Diz que Scott usa uma barra de manteiga inteira só na massa, e que ela praticamente pode sentir as artérias endurecendo só de *olhar*.

Como Geri já estava pê da vida com Scott por ter concordado em fazer o que ela considerava uma matéria idiota, o fato de ele ter encarregado Kwang de escrever só a deixou mais furiosa.

— Pelo amor de Deus — disse Geri. — Foi ideia da Jen. Por que não deixa a Jen escrever? Por que vive roubando as ideias de Jen e dando a outras pessoas?

Senti uma onda de pânico e lancei um olhar para Scott.

Mas ele estava totalmente calmo enquanto dizia:

— Jen está ocupada demais com o projeto gráfico.

— Como é que você sabe? — rosnou Geri. — Ao menos se incomodou em perguntar a ela?

Falei:

— Geri, está legal. Estou feliz com meu cargo.

Geri fungou como se não acreditasse.

— Nem vem!

Eu não podia dizer o que queria, que fazer projeto gráfico estava legal para mim. Porque faço muito mais para o jornal do que isso.

Só que ninguém deveria saber. Bom, ninguém além do Scott, pelo menos, e do sr. Shea e alguns administradores da escola.

Porque uma das coisas que tinham acontecido naquele retiro de verão foi que o sr. Shea me procurou e perguntou se eu estava disposta a aceitar um dos cargos mais cobiçados — e secretos — do jornal... Um cargo que, durante anos, tradicionalmente só foi ocupado por gente do último ano, mas para o qual o sr. Shea me achava especialmente qualificada, mesmo estando apenas no primeiro ano...

E aceitei.

Pergunte à Annie

Faça à Annie suas perguntas de relacionamento pessoal mais complexas. Ande, tome coragem! Todas as cartas à Annie estão sujeitas a publicação no *Register* da Escola Clayton.

Os nomes e endereços de *e-mail* dos que enviarem as correspondências serão mantidos em segredo.

Querida Annie,

Socorro! Estou apaixonada por um cara que não sabe que estou viva. Claro, ele não me conhece, já que mora a 3 mil quilômetros daqui e trabalha na indústria do cinema. Mesmo assim, quando o vejo na telona e encaro seus olhos azuis, sei que somos almas gêmeas. Não sei quanto tempo consigo viver sem ele. Mas não tenho dinheiro para comprar uma passagem de avião até Los Angeles, nem tenho onde ficar quando chegar lá. Por favor, me ajude a descobrir um modo de conhecer meu amor antes que ele parta para a Nova Zelândia, onde vai fazer seu próximo filme.

Apaixonada.

Querida Apaixonada,

Existe uma linha tênue entre o culto à celebridade e o assédio, e você parece pronta a atravessá-la. Abandone a fantasia e comece a se concentrar no que é importante: terminar a escola e entrar para a faculdade.

Além do mais, você está claramente falando de Luke Striker, e eu soube que ele continua com dor de cotovelo por causa do negócio com Angelique Tremaine. Portanto, supere isso.

Annie

Dois

Na verdade, não fiquei muito surpresa quando o sr. Shea perguntou se eu aceitava ser a nova Annie do *Register*. Porque durante toda a vida as pessoas sempre me procuraram para contar seus problemas. Não sei por quê. Quero dizer, não que eu *queira* ouvir sobre a vida amorosa de Geri Lynn e Scott.

Mas parece que desde o nascimento fui amaldiçoada com o destino de ser confidente de todo mundo. Sério. Antes eu achava que era um ímã de pirados, ou algo assim, porque parecia que nunca podia ir a lugar nenhum sem que estranhos aparecessem contando tudo sobre a vida deles, como sua coleção de martelos, o furão doente ou sei lá o quê.

Mas por acaso não são só estranhos. *Todo mundo* faz isso. Trina foi a primeira a descobrir o motivo. Ela estava fazendo 12 anos e decidiu dar a festa de aniversário no Zomm Floom, um tobogá gigante lá em Ellis County. Só que no dia da festa fiquei menstruada. Como morria de medo de usar absorvente interno (quando você tem 12 anos essas coisas podem dar medo. E ainda não tinha descoberto que podia comprar daqueles especiais, para adolescentes — "Suaves como pétalas e finos como seu dedo mindinho!" Ainda tentava enfiar aqueles superabsorventes-plus da minha mãe, e vou lhe contar, não funcionava para mim.), não tive opção além de ficar em casa.

Mas Trina, que eu esperava que me apoiasse, fez exatamente o contrário. Deu uma de:

— Não me importa se seu absorvente idiota sair de dentro do biquíni e flutuar na piscina! Você vai à minha festa! Você TEM de ir! Você é a maionese!

Eu não soube do que Trina estava falando. Mas por acaso ela ficou muito feliz em explicar.

— Porque você se dá com todo mundo — disse pelo telefone naquele dia. — Tipo maionese. Sem maionese o sanduíche se desmancha. Como vai acontecer com minha festa se você não for.

E aconteceu. Quero dizer, com a festa. Elizabeth Gertz acusou Kim Doss de copiá-la porque as duas apareceram com maiôs J. Crew vermelhos idênticos e coques de tranças, e Kim, para provar que tinha mente própria, empurrou Elizabeth na parte funda embaixo do toboágua e ela quebrou um dente no piso de cimento da piscina.

Se eu estivesse lá, teria intervindo totalmente antes que alguém se machucasse.

De modo que, você sabe, não foi um choque tão tremendo quando o sr. Shea me entregou o cargo de Pergunte à Annie. Porque a pessoa que o ocupa tem de dar às que escrevem não somente bons conselhos, mas conselhos que a orientadora da escola, a sra. Kellogg, possa endossar e apoiar.

O que não é fácil. Porque a sra. Kellogg é doida de pedra. Curte uma de ioga, biorritmo e feng shui, e sempre quer que eu diga às pessoas que escrevem que, se mudassem o lugar do espelho do quarto para não ficar de frente para uma janela ou uma porta, parariam de perder energia cármica.

Fala sério!

E essa é a pessoa que supostamente vai me ajudar a entrar numa boa faculdade, algum dia. Arrepiante.

Mas, na verdade, a sra. Kellogg e eu temos um relacionamento bastante bom. Eu a escuto falar interminavelmente sobre sua dieta macrobiótica e ela está sempre disposta a me escrever um bilhete para eu ficar de fora do vôlei na educação física ou algo assim.

De qualquer modo, o barato do Pergunte à Annie é que a identidade de Annie deve ser um segredo gigantesco, porque Annie não deveria ter nenhum preconceito com relação a grupinhos, como diz a sra. Kellogg. Tipo Annie não pode ser "conhecida" como membro de uma galera especial, caso contrário as pessoas vão pensar que ela não pode entender os problemas de alguém que não seja popular, como Vera Vaca, de um machão como Kurt Schraeder ou sei lá de quem.

Além disso, você sabe, se as pessoas souberem quem é Annie talvez não se disponham a escrever, já que ela poderia adivinhar quem é o autor da carta e espalhar por aí. As pessoas não são muito boas em disfarçar a identidade quando escrevem para a Annie. Bom, talvez tentem, mas tem gente como Trina, que escreve para a Annie pelo menos uma vez por mês falando de qualquer coisa que a incomode (geralmente, algo sobre Luke Striker, o amor de sua vida). Trina não tenta disfarçar a letra nem usa endereço de *e-mail* falso.

Outro motivo para o anonimato de Annie é que ela conhece os segredos mais profundos e mais tenebrosos de um monte de gente.

De modo que tenho um cargo totalmente fantástico no jornal, mas não posso contar a ninguém. Nem posso contar a Trina ou à minha mãe, porque as duas têm a maior boca de todo o estado de Indiana. Só preciso ir em frente, deixando todos pensarem que tenho um papel fundamental no projeto gráfico do *Register*.

O que é ótimo. Quero dizer, não é um grande problema. É moleza.

Menos quando se trata de gente como Geri Lynn. Gostaria de contar a Geri Lynn. Só para ela não ficar achando que Scott está se aproveitando de mim.

Assim, de qualquer modo, por ser a Annie e coisa e tal, sou chamada muitas vezes à sala da sra. Kellogg. Ela vive querendo falar sobre quem acho que pode ter escrito alguma carta ou *e-mail* especialmente perturbador.

Algumas vezes eu sei. Algumas vezes não. Algumas vezes digo a ela. Algumas vezes não. Quero dizer, a gente precisa respeitar o direito à privacidade das pessoas, a não ser que, você sabe, a pessoa esteja seriamente perturbada.

E, felizmente, há tanta gente que *quer* que a sra. Kellogg e o resto da administração saiba de suas coisas que realmente não têm tempo de meter o nariz nos negócios das pessoas que não querem.

Como Vera Schlosburg, por exemplo. Vera não se importa nem um pouquinho se o mundo inteiro souber de seus problemas. Vera escreve *toneladas* de cartas à Annie. Eu respondo a todas, mas não publicamos no jornal, porque mesmo que não incluíssemos sua assinatura (ela assina absolutamente todas as cartas), todo mundo saberia que eram dela. Uma carta típica é:

Querida Annie,
Todo mundo me chama de Vera Vaca, mas meu nome é Vera Schlosburg, e todos mugem quando passo por eles no corredor. Por favor, me ajude antes que eu faça alguma coisa drástica.

Só que Vera ainda não fez nada drástico, que eu saiba. Uma vez correu uma fofoca de que ela havia se cortado, e faltou à escola durante três dias. Fiquei realmente preocupada pensando que poderia ter cortado os pulsos ou algo assim. Por isso pedi à minha mãe para descobrir o que tinha acontecido, porque minha mãe e a sra. Schlosburg frequentam a mesma turma de hidroginástica na academia.

Mas, por acaso, Vera tinha feito pedicure sozinha em casa e lixou demais a pele morta da sola dos pés, por acidente arrancou pele nova, e ficou sem poder andar até que ela crescesse de novo.

É o tipo de coisa que acontece com Vera. De montão.

Também é o tipo de coisa que faz minha mãe dizer:

— Sabe, Jen, a sra. Schlosburg está realmente preocupada com Vera. Diz que Vera tenta demais se adaptar, mas parece que nada adianta. Os outros garotos só ficam zombando dela. E se você a pusesse sob sua asa?

Claro que não posso contar à minha mãe que *pus* Vera sob minha asa. Quero dizer, como Pergunte à Annie.

De qualquer modo, quando fui chamada à sala da sra. Kellogg um dia depois de Kurt Schraeder sequestrar Betty Ann Mulvaney, achei que tinha alguma coisa a ver com uma carta de Vera ou que, alternativamente, teria a ver com Betty Ann.

Porque, mesmo que a sra. Mulvaney tenha se comportado de seu modo típico, fingindo não ligar, dava para ver que o negócio realmente a incomodava. Tipo: eu notei que o olhar dela costumava ir até o lugar da mesa onde Betty Ann costumava ficar sentada.

E ela fazia um anúncio entre risinhos antes de cada aula, dizendo que se os sequestradores de Betty Ann a devolvessem não haveria ressentimentos nem perguntas. Até cheguei perto do Kurt na fila do almoço e perguntei se ele ia fazer um bilhete pedindo resgate ou algo assim, porque achava que, se a sra. Mulvaney visse aquilo como uma pegadinha, talvez se sentisse melhor.

Mas Kurt perguntou:

— O quê? Um bilhete de quê?

Então tive de explicar ao Kurt, com todo o cuidado, o que era um bilhete pedindo resgate e como a pegadinha — já que era isso que eu presumia que ele estava fazendo ao sequestrar Betty Ann e tipo assim — seria mais engraçada se ele mandasse um bilhete instruindo-a, por exemplo, a não passar dever para o fim de semana ou distribuir caramelos Brach para todo mundo na sala, com o objetivo de garantir o retorno seguro de Betty Ann.

Kurt pareceu gostar realmente da ideia. Foi como se ela nunca tivesse lhe ocorrido antes. Ele e seus amigos ficaram dizendo:

— Uau. Gênio, cara! — E comemorando como se tivessem feito um gol.

O que me deixou meio nervosa. Quero dizer, aqueles caras não eram exatamente uns Einsteins. Eu não fazia ideia de como Kurt foi eleito presidente da turma do último ano, a não ser, claro, porque ele foi a única pessoa que se incomodou em concorrer.

Assim, só para ter certeza de que eles ainda *estavam* com Betty Ann, falei:

— Kurt, vocês não fizeram nada de idiota, fizeram? Tipo jogar Betty Ann numa pedreira ou algo assim. Fizeram?

Kurt me olhou como se eu fosse maluca.

— Claro que não. Ainda estou com ela. É uma pegadinha, sacou? A pegadinha do último ano. Já ouviu falar?

Eu não queria o Kurt pensando que não achava sua pegadinha hilária. Por isso falei:

— É, é engraçada. — Em seguida peguei meus *tacos* e dei no pé.

Então dá para você entender por que quando fui chamada tive a sensação de que, se Vera não havia se trancado num cubículo do banheiro chorando de novo, eu provavelmente estaria diante de um interrogatório pesado sobre o paradeiro de Betty Ann.

O que, como qualquer um pode ver, me colocaria numa situação bastante desconfortável. Puxa, eu não podia ficar do lado da administração no caso Betty Ann, mesmo achando idiota e errado o Kurt pegá-la. Mas a pegadinha do último ano — mesmo se for terrivelmente capenga, como a do Kurt — é a pegadinha do último ano, e como um monte de coisas do ensino médio — os testes de aptidão, o baile e pegar no pé dos otários —, a gente não pode estragar, não importando o quanto possa achar sem sentido e idiota.

31

Por isso, enquanto me arrastava para a sala da sra. Kellogg, estava fazendo um monte de promessas tão grande a mim mesma — tipo: mesmo que eles me torturassem com a perspectiva de trabalhar durante todo o verão eu iria ficar firme com relação ao caso Betty Ann e não contaria — que nem notei que a sra. Kellog não era a única pessoa presente.

Não, o diretor Lewis também estava. E a vice-diretora Lucille Thompson — Doce Lucy, como todo mundo chama, o que é bem maldoso, mas a verdade é que meio que se encaixa, de modo irônico, porque você nunca poderia imaginar uma administradora mais azeda e mais rígida do que Lucille Thompson.

E havia outro cara também. Um cara usando terno cinza brilhante. Eu deveria tê-lo notado na hora — e também o fato de que ele obviamente não era de Clayton, já que embaixo do paletó usava camiseta preta, em vez de camisa abotoada, que é como as pessoas da Califórnia ou de Nova York, e não do sul de Indiana, se vestem — mas estava preocupada demais pensando em encrenca.

— Escute, sra. Kellogg — falei imediatamente para tentar acabar logo. — Se for sobre Betty Ann, não posso contar. Bom, eu sei quem foi, claro. Vi a coisa toda. Mas não posso dizer. Não posso mesmo. Mas ele me prometeu que Betty Ann está bem e vou trabalhar para que ela seja devolvida inteira. É só isso que posso fazer. Desculpe...

Foi então que notei o cara de camiseta... para não falar no dr. Lewis e em Doce Lucy. Minha voz meio que tropeçou.

A sra. Kellogg veio me resgatar. Acho que reconheceu que meu *chi* ficou todo abalado com a presença do dr. Lewis, da Doce Lucy e de um total estranho.

— Não é sobre Betty Ann, Jen — disse ela.

— Se a srta. Greenley sabe alguma coisa sobre aquela boneca — cantarolou Doce Lucy —, acho que deve contar, Elaine. A sra. Mulvaney ficou muito perturbada esta manhã ao ver que ela continua desaparecida. Pelo que sei, o *Register* está fazendo uma matéria, portanto obviamente o pessoal do jornal sabe alguma coisa. É absurdo pensar que nossos objetos pessoais não estejam em segurança em nossas próprias mesas...

— Esqueça a boneca, Lucille — disse o dr. Lewis. Ele usava camisa de manga curta e calça cáqui. Notei que havia manchas de grama nelas. Acho que tinha sido chamado do campo de golfe. O que quer que fosse aquilo, dava para ver que era *grande*. Ninguém tirava o dr. Lewis do campo de golfe por qualquer motivo.

— Jane — disse ele —, gostaríamos que você conhecesse...

— Jen — corrigiu a sra. Kellogg.

Só que ninguém corrige o dr. Lewis, por isso ele piscou como se não soubesse do que ela estava falando.

— Jane — recomeçou o dr. Lewis. — Este é John Mitchell. John, esta é Jane Greenley.

— Como vai, Jane? — disse o sr. Mitchell. E estendeu a mão. Apertei-a. — Prazer em conhecê-la.

— Prazer em conhecê-lo também — respondi.

Acho que minha voz saiu bem calma, mas dentro da cabeça os pensamentos giravam como o Chapéu Mexicano no parque de diversões. O que estava acontecendo? Quem era aquele cara? Qual era o tamanho da minha encrenca? Será que isso tinha alguma coisa a ver com o fato de eu ter colocado no teste de aptidão estadual que queria ser operadora de fresa? Porque eu estava seriamente brincando sobre aquilo. Trina fez o mesmo. E será que isso iria durar até a hora do almoço? Porque eu só tenho 25 minutos para almoçar.

— Jane — continuou o dr. Lewis. — O sr. Mitchell aqui acaba de conseguir que a Escola Clayton receba uma grande honra. Uma honra muito grande.

— Tremenda honra — disse Doce Lucy, fungando. O dr. Lewis lançou-lhe um olhar de alerta, mas a srta. Thompson não sacou a deixa. Na verdade, ficou na defensiva.

— Bem, não vou ficar aqui mentindo, Richard — disse ela. — É completamente ridículo. Será que deveríamos largar tudo, perturbar todos os alunos, por causa disso?

— Nós esperamos que não haja nenhuma perturbação, srta. Thompson — disse o sr. Mitchell. — E, claro, no minuto em que parecer que...

— Não haverá nenhuma perturbação, Doce... quero dizer, Lucille — disse a sra. Kellogg. Uma vez deixara escapar para ela como todo mundo chamava a srta. Thompson pelas costas, e desde então a sra. Kellogg é incapaz de chamar a chefe por qualquer outro nome.

— Esse é o ponto. Eles querem que a coisa aconteça do modo mais tranquilo possível.

— Bem, não imagino como esperam isso. — Os lábios de Doce... quero dizer, da srta. Thompson, praticamente desapareceram, tal era a força com que os comprimia. — O garoto vai ser atacado por uma turba no instante em que puser os pés no pátio. Essas meninas... não têm a mínima capacidade de controle. Vocês viram o que Courtney Deckard estava usando hoje? Uma frente-única.

Na escola! Mandei que ela telefonasse para a mãe e pedisse para trazer algo decente para usar durante o resto do dia.

O dr. Lewis e o sr. Mitchell olharam para a srta. Thompson como se ela tivesse acabado de sugar todo o oxigênio disponível na sala. De certo modo acho que talvez tenha sugado. Sei que *eu* me senti meio tonta.

— Posso garantir — continuou o sr. Mitchell — que isso não vai acontecer. Porque o sr. Striker vai se manter muito discreto. E vai usar disfarce.

— Disfarce. — A srta. Thompson revirou os olhos. — Ah, *isso* vai ajudar.

— A senhorita ficaria espantada ao ver o que um simples par de óculos pode fazer — disse o sr. Mitchell.

— Ah! — exclamou Doce Lucy erguendo as mãos. — Bem, *óculos.* Por que não disse logo? Isso vai enganá-las.

— Com licença — interrompi. Porque estava realmente curiosa para descobrir o que estava acontecendo. Parecia não ter nada a ver com Vera ou Betty Ann. Na verdade, a não ser que eu fosse muito retardada, parecia ter algo a ver com... — O senhor quis dizer *Luke Striker?*

A sra. Kellogg riu e começou a assentir como uma maníaca.

— É. É, é. Luke Striker. Ele vem para cá. Para Clayton.

Olhei-a como se ela fosse pirada. Na verdade é assim que normalmente olho para a sra. Kellogg. Porque na maior parte do tempo acho que ela *é* pirada.

— Luke Striker — repeti. — Luke Striker, o astro de *Deus nos ajude?*

Que já foi uma das séries mais populares da televisão, na época em que não havia *reality shows*. Eu assistia. Luke Striker, que fazia o papel do filho de um pastor, tinha crescido durante a série, ficando um gato maior a cada temporada. O bastante para ter de sair do programa e fazer carreira no cinema, e conseguiu o papel principal no último filme de Tarzan, onde ele apareceu bem...

Bem... nu.

E depois fez Lancelot na última versão de Camelot...

E tinha se saído muito bem nos dois. Pelo menos para fãs de carteirinha como Trina.

Mas as fãs não estavam muito empolgadas com o que acontecia na vida pessoal de Luke Striker. Segundo as fofocas — pelo menos segundo Trina, que tinha falado sobre isso interminavelmente durante todo o inverno —, Luke havia embarcado num romance tórrido com a estrela Angelique Tremaine, de *Lancelot e Guinevere*. Supostamente cada um tinha chegado a tatuar o nome do outro no bíceps, numa espécie de cerimônia de compromisso. Você sabe, em vez de alianças.

Mas acho que Angelique não cumpriu com sua parte do compromisso, porque há menos de seis meses se casou com um diretor de cinema francês com o dobro de sua idade, pelas costas de Luke! Trina ficou exultante — apesar de triste pelo Luke, claro. Porque agora ele está livre — de coração partido, segundo as revistas de fofocas — mas livre. Livre para se apaixonar por Trina.

E agora parecia que Luke Striker, astro da telona e amante rejeitado, viria a Clayton, Indiana.

— Ele ganhou o papel de um sujeito que está no último ano de uma escola no Meio-Oeste — explicou o sr. Mitchell em tom afável. — Um fascinante drama de amor e traição no coração de Indiana. Como Luke cresceu em Los Angeles... você sabe que ele começou a trabalhar em *Deus nos ajude* quando tinha apenas 7 anos... acha que precisa mergulhar na cultura das escolas de Indiana para dar autenticidade ao papel...

— Não é incrível? — perguntou a sra. Kellogg com os olhos brilhando. — Quem imaginaria que ele é um artista tão verdadeiro, tão dedicado ao trabalho?

Hã, eu não. Quero dizer, certamente não dava para dizer a partir daquele comercial de Doritos que foi transmitido durante a final do campeonato de futebol do ano passado.

— Então... — Olhei do sr. Mitchell para a sra. Kellogg e de volta ao sr. Mitchell. — Luke Striker vem para a *Clayton*?

— Só por duas semanas — disse o sr. Mitchell —, para pesquisar o personagem que vai fazer. E requisitou especificamente, ou pelo menos o estúdio requisitou especialmente, que a verdadeira identidade dele fosse mantida em segredo. Luke acha que não poderá ter uma experiência autêntica do ensino médio se tiver hordas de fãs seguindo-o o tempo todo.

— Motivo pelo qual pensamos que você poderia ajudar, Jen — entoou a sra. Kellogg, ainda com os olhos estrelados. — Veja bem, nós planejamos que o sr. Striker vai fingir que é um aluno transferido, com o nome de Lucas Smith.

— Hã-hã — falei. Agora que sabia que não estava ali para defender Vera nem ser interrogada sobre o sequestro de Betty Ann, só estava escutando pela metade. Por um lado, porque não curto celebridades e coisas assim do mesmo modo que, digamos, Trina, e, por outro, porque estava perdendo o ensaio dos Trovadores, e o sr. Hall sempre fica meio irritado quando sou chamada para sair da aula. Não porque eu tenha uma importância gigantesca no coral nem nada, mas porque ainda preciso trabalhar os movimentos dos braços antes do Luers, aquele concurso ao qual devemos ir no fim da semana que vem. Simplesmente não consigo fazer direito aquela coisa das mãos de *jazz*.

— Então o que estávamos sugerindo ao sr. Mitchell, Jen — dizia a sra. Kellog —, é que... bem, como você é tão boa em manter segredos, e como sabemos que podemos contar com você para não estragar esse nem ficar maluca com isso, que você poderia ser a guia estudantil do Luke. Você sabe como gostamos de ajudar os alunos transferidos nos primeiros dias. E você poderia levar o Luke a todas as suas aulas, dar as dicas, por assim dizer. Responder às perguntas dele, talvez ajudar a afastar alguém que crie suspeitas demais... Então ele poderá, você sabe, se encharcar na atmosfera aqui de Clayton sem que ninguém suspeite quem ele é. O que acha?

Falando sério? Parecia uma porcaria sem tamanho. Quero dizer, será que eles realmente acham que ninguém vai notar que o novo aluno é exatamente igual ao Luke Striker? Será que acham honestamente que chamá-lo de Lucas Smith vai enganar todo mundo — em especial alguém como Trina, que adora o cara? Realmente achei que o sr. Mitchell, a administração e o próprio Luke Striker estavam subestimando a inteligência de meus colegas, alunos da Escola Clayton.

Mas, bem, não seria a primeira vez.

Dei de ombros. Ora, o que eu iria dizer? Que não?

— Claro. Legal. Tudo bem.

A sra. Kellogg sorriu satisfeita e disparou o que me pareceu um olhar de triunfo para Doce Lucy. Quero dizer, a srta. Thompson.

— Está vendo? — disse a srta. Kellogg. — Eu avisei. Sempre podemos contar com Jen para não criar confusão.

O que é totalmente verdadeiro.

Pergunte à Annie

Faça à Annie suas perguntas de relacionamento pessoal mais complexas. Ande, tome coragem! Todas as cartas à Annie estão sujeitas a publicação no *Register* da Escola Clayton. Os nomes e endereços de *e-mail* dos que enviarem as correspondências serão mantidos em segredo.

Querida Annie,

Eu conto tudo à minha melhor amiga. Conto até sobre os sonhos que tenho à noite. Mas ela nunca parece se abrir comigo — nem sobre coisas importantes, tipo de quem ela gosta e coisas assim. Acho que não temos realmente o tipo de relacionamento envolvente que eu gostaria. O que posso fazer para que ela saiba que é seguro confiar em mim?

Sentindo-se Não Amada

Querida Não Amada

Sua amiga pode não ter nada para contar. Nem todo mundo acha os próprios sonhos tão empolgantes como sem dúvida você acha os seus. Talvez ela só esteja tentando não chatear os outros. Por que não devolve o favor?

Annie

Três

O sr. Mitchell disse que eu tinha de contar aos meus pais. Porque sou menor de idade e tal. Coisa que realmente não saquei, porque Luke e eu não iríamos *namorar* nem nada. Quero dizer, eu só iria mostrar a ele onde ficava o ginásio de esportes e avisar para não pegar as cenouras carameladas no refeitório. Mas é isso aí.

O sr. Mitchell se ofereceu para conversar com meus pais, mas eu disse que faria isso. Sabia que, se ele contasse, meus pais fariam o maior estardalhaço. Tipo o negócio do Pergunte à Annie.

Esperei até o fim do jantar, quando meus irmãos foram fazer o dever de casa. Tenho dois irmãos pequenos — Cal e Rick, na oitava e na sexta séries. Cal é um machão: participa de todos os esportes, menos futebol americano, que mamãe não o deixa jogar porque acha perigoso demais. Por causa disso, claro, o objetivo de Cal é fazer carreira na polícia, de preferência na equipe da SWAT. Rick, ao contrário, odeia esportes. Quer ser um astro infantil como Luke Striker antigamente. Não entende por que nossos pais não conseguem um empresário para ele. Eles tentaram explicar que não existem empresários de artistas em Clayton, Indiana, mas Rick não se importa. Diz que seu tempo está acabando e que logo não vai ser mais bonitinho, e que é melhor alguém descobri-lo depressa.

Como eu, meus irmãos se dão bem com praticamente todo mundo... até comigo e um com o outro, a não ser pelas explosões ocasionais por causa do controle remoto, da última torta com cobertura de chocolate ou sei lá o quê.

Mesmo assim, decidi que provavelmente era melhor deixá-los sem saber do negócio do Luke, porque talvez não conseguissem guardar segredo. Afinal de contas, Cal tem um boneco do Luke Striker — vulgo Tarzan. E Rick provavelmente tentaria conseguir o telefone do empresário dele.

Como fui muito casual a respeito — "Tem um ator que vem à cidade pesquisar um papel e pediram que eu mostrasse a escola a ele" —, meus pais simplesmente deram de ombros ao saber da notícia. Só meu pai pareceu alarmado, e só por um minuto — e nem mesmo, como pensei inicialmente, porque tinha ouvido falar do negócio da tatuagem com Angelique.

— Ele não vai se hospedar com a gente, vai? — perguntou meu pai, olhando por cima do jornal que estava lendo, a *Gazeta de Clayton*, que chega de tarde, e não de manhã, para que os repórteres não tenham de trabalhar cedo demais. Minha cidade é realmente pequena. Já falei isso?

— Não, papai — respondi. — Ele vai alugar uma casa no condomínio do lago.

— Graças a Deus — disse meu pai e desapareceu de novo atrás do jornal. Meu pai não suporta hóspedes.

— Quem é esse rapaz, mesmo? — perguntou minha mãe.

— Luke Striker. Ele trabalhava em *Deus Nos Ajude*. Fazia o filho mais velho.

Mamãe sorriu.

— Ah, aquele louro lindinho?

Imaginei se mamãe ainda acharia Luke lindinho se o visse na cena da lagoa em *Tarzan*. Aquela em que a tanga de pele tinha meio que flutuado para longe, empolgando Jane — e Trina — demais.

— Esse mesmo — respondi.

— Bem — disse mamãe, enquanto se virava de novo para o bloco de desenho. — Espero que não tenha uma paixonite por ele. Porque você sabe, ele mora lá em Hollywood. Duvido que vocês dois possam se ver muito depois que o rapaz for embora.

— Não se preocupe, mamãe — falei pensando nas tatuagens da cerimônia de compromisso. — Luke Striker realmente não faz meu tipo.

— Bem, então Trina — insistiu minha mãe. — Você sabe como Trina é.

— Sei. — Eu sabia exatamente como Trina era. — Mas ele vai usar óculos o tempo todo, ou algo assim. Ninguém deve reconhecê-lo.

— Isso é ridículo — disse mamãe.

— Não sei por quê. — Meu pai se virou para a seção de casas, do jornal. Ele é arquiteto e gosta de ver que tipo de casas estão vendendo a cada semana. — Funcionou com o Clark Kent.

Tendo cumprido as obrigações com a família, subi para o meu quarto para fazer o dever de casa. Liguei o computador e achei um monte de *e-mails*, na maioria de Trina. Mesmo sendo vizinhas, nós ainda trocamos mais *e-mails* do que falamos ao telefone... mais até do que conversamos pessoalmente. Não sei a razão. Talvez porque não saiamos muito de casa. Não há muitos lugares para ir em Clayton. Isto é, além da escola. E eu vivo lendo e Trina vive ensaiando para o papel que estiver fazendo nas aulas de teatro.

Na verdade, em geral dá para ouvi-la ensaiando na sala de casa, porque nossas casas ficam a uns trinta metros de distância uma da outra. Trina tem o que o sr. Hall chama de diafragma muito forte. Isso permite muita projeção da voz. Ela conseguiu o papel principal em praticamente todas as peças montadas no sistema educacional de Clayton. Seu plano é entrar na Escola de Teatro de Yale, como seu ídolo, Meryl Streep. Depois diz que vai virar a Broadway de cabeça para baixo. Trina não tem interesse em trabalhar no cinema. Diz que a interação entre artista e plateia durante uma apresentação ao vivo é uma droga na qual se viciou.

Ei, para onde você desapareceu durante o ensaio do coral?, escreveu Trina. Seu nome na rede — sem surpresa — é Rainha do Drama. *La Hall quase teve um ataque porque você demorou tanto.*

Eu me acostumei bastante a mentir para Trina sobre o negócio do Pergunte à Annie — uma vez ela me acusou na bucha de ser a Annie, quando o *Register* publicou uma carta de um garoto dizendo que não podia ficar acordado sem tomar seis latas de Diet Coke, e que depois tinha de engolir uns quatro Sominex à noite para dormir. Minha resposta — "Então pare de beber tanto refrigerante" — parece que foi tão "classicamente Jen" — pelo menos segundo Trina — que quase estraguei o disfarce.

JennyG: Ah. Vera pariu outra vaca. O que eu perdi?

Rainha do Drama: Aquela garota deve estar faminta por atenção em casa. Por que outro motivo tenta tanto conseguir isso na escola? Bom, você perdeu totalmente. La Hall mostrou o vestido que a gente deve usar no Luers. Prepare-se: é vermelho com um raio de lantejoulas descendo pela frente.

Era chocante. Quero dizer, considerando que iria estar sobre o meu corpo.

JennyG: Mentira.

Rainha do Drama: *Au contraíre, mon frère.* E não contém absolutamente nenhuma fibra que exista na natureza. E custa 180 paus.

JennyG: *Verbeat nos et lacerat fortuna!*

Rainha do Drama: Com certeza. Para os garotos é mole. Eles só precisam usar faixas na cintura e gravatas vermelhas com os *smokings.* Nós vamos fazer um lava a jato de carros no sábado para levantar grana para as garotas que a *fortuna* abandonou. Inscrevi você para o turno do meio-dia às duas. Achei que pelo menos poderíamos pegar um bronze enquanto lavamos. Desde que não chova.

JennyG: Sabe, quando me inscrevi nessa aula você deixou de mencionar que eu ia começar a comer meu calendário social, pedacinho a pedacinho.

Rainha do Drama: Ah, como se você tivesse alguma coisa melhor para fazer.

Infelizmente é verdade. Não tenho nada melhor para fazer. Ainda.

JennyG: CENTO E OITENTA PAUS? Por um vestido que nunca mais vou usar? Isso é RIDÍCULO.

Rainha do Drama: Este é o mundo do espetáculo.

JennyG: E eu achava que os sutiãs com enchimento eram ruins...

Rainha do Drama: Fala sério! Ah, adivinha só. Steve me convidou para o Baile da Primavera.

Steve McKnight é o brinquedinho de Trina. É barítono nos Trovadores e fez Henrique II junto com Trina, que foi Eleanor de Aquitânia na versão de *O leão no inverno* montada na escola. Além disso, Steve foi Beauregard com Trina fazendo Tia Mame, Romeu com Trina fazendo Julieta, e assim por diante. Trina não é apaixonada por ele — está se guardando para Luke Striker —, mas como Steve é mais alto do que ela e vive de quatro por ela, minha amiga o deixa levá-la para sair. Assim Trina consegue ver todos os filmes novos que passam na cidade. De graça.

Trina é praticamente falida moralmente, mas mesmo assim não consigo deixar de gostar dela. Mas me incomoda quando ela dá um chute no traseiro do Steve — o que ela faz praticamente sempre que consegue sair com outro — porque é sempre para mim que ele vem correndo, querendo saber o que fez para deixá-la furiosa.

Fiquei feliz em saber que eles iriam juntos ao baile. Isso significaria muito para o Steve. E então Trina poderia me contar tudo. Já que eu nunca conseguiria descobrir sozinha, porque ninguém me convidou, e tal.

JENNYG: Sortuda.

RAINHA DO DRAMA: Por que não arranja um cara para levar você? A gente poderia, você sabe, ir os quatro juntos.

JENNYG: Ah, certo. Deixe eu dar uma olhadinha... ah, bem, desculpe, ninguém está apaixonado por mim esta semana.

RAINHA DO DRAMA; Porque você é legal demais com todo mundo.

JENNYG: É. Porque a maioria dos caras procura garotas que abusam moralmente deles.

RAINHA DO DRAMA: Sério. Você é legal com *todo mundo*. Trata todos os caras do mesmo modo. Então como eles vão saber se você pensa neles só como amigos ou como um *amour* potencial? Na certa é por isso que ninguém nunca convida você. Puxa, você não é feia.

JENNYG: Ei, obrigada. Isso significa muito.

Na verdade, sei que não sou feia. Não sou nenhuma Catrina Larssen, mas sou a típica menina comum. Você sabe: cabelos castanhos, olhos castanho-claros, sardas. De fato, isso é de adoecer qualquer uma. Mas venho tentando deixar os cabelos crescerem, para compensar.

RAINHA DO DRAMA: Sério. Puxa, você poderia ter o Scott Bennett, mas estragou tudo.

Trina tem uma ideia estranha de que Scott Bennett é o cara perfeito para mim. Isso porque, quando voltei do retiro do *Register*, meio que falei um bocado sobre ele. Mas só porque a gente se divertiu um bocado. Tipo, em várias noites a gente terminou sentado lado a lado perto da fogueira, discutindo se o filme *O vingador do futuro* fez justiça ao conto de Philip K. Dick em que foi baseado, ou se H. G. Wells ou Isaac Asimov era o verdadeiro pai da ficção científica.

E posso ter contado a ela como, na volta do acampamento, quando o ônibus parou para o almoço num restaurante Outback, Scott ficou chamando a garçonete pelo nome. Você sabe, o nome impresso no crachá. Tipo: "O que você recomendaria, Rhonda?" e "Nós decidimos pedir a flor de cebola, Rhonda" e "Obrigado por trazer mais, Rhonda". Não sei por quê, mas não consegui parar de rir. Num determinado ponto ri tanto que quase engasguei, e Kwang teve de me dar um soco nas costas.

Mas acho que o que realmente fez Trina achar que Scott era perfeito para mim foi quando contei sobre o tronco. Aquele entre duas árvores, que a gente precisava atravessar, antes que a parede de creme de amendoim nos matasse. Não a parte da piada do Scott — "Na verdade, sr. Shea, a gente não aguenta é o tronco" —, mas a parte em que Scott e eu fomos as últimas pessoas num dos lados do obstáculo, e como ele me levantou para eu poder agarrá-lo — quero dizer, o obstáculo — e pular por cima.

Devo ter mencionado a Trina que Scott pareceu me levantar sem esforço — como se eu não pesasse nada — e que notei os músculos do braço dele inchando embaixo das mangas da camiseta. E que ele tinha um cheiro legal. E que as mãos dele eram... você sabe. Tipo grandes. E fortes.

O que foi um erro — quero dizer, contar a Trina —, porque ela ficou pensando que eu gostava do Scott — você sabe, *daquele* jeito — e pegando no meu pé para convidá-lo a sair. Ao cinema ou algo assim. Disse que era óbvio que estávamos destinados um ao outro e que, se eu não o convidasse, nunca iríamos ficar juntos, já que Scott tinha começado a pensar que eu gostava dele como amigo, porque é assim que trato todos os garotos, sem paquerar o tempo todo, que nem ela.

O que é ridículo — eu e Scott sermos feitos um para o outro — porque é totalmente óbvio que Scott e Geri Lynn são perfeitos juntos. Quero dizer: olha só como os dois se atracaram depressa! Praticamente no primeiro dia de aula. Pelo menos segundo os corações na agenda de Geri.

É uma coisa boa Trina estar planejando fazer carreira no teatro, porque como casamenteira ela tem muito que aprender.

Toquei no assunto com ela um monte de vezes, mas isso não parece impedi-la de ficar tentando.

Rainha do Drama: Ok, talvez as coisas não tenham dado certo com o Scott. Mas não é motivo para desistir dos homens. Você é muito bonitinha. Tenho certeza que Steve conseguiria um dos outros barítonos para sair com você. Ou talvez um tenor...

Jennyg: PARA. ESPERA. NÃO.

Rainha do Drama: Certo, certo. Mas tem de haver ALGUÉM de quem você goste.

Jennyg: Ei, não há ninguém de quem VOCÊ goste. Por que *eu* preciso gostar de alguém e você não?

Rainha do Drama: Porque, *pulchra*, estou me guardando para o Luke Striker.

Aaah. Pela primeira vez me ocorreu que, se a verdadeira identidade do Luke fosse revelada, isso poderia me afetar de modo tremendamente pessoal. Você sabe, na forma de minha melhor amiga perder a virgindade antes de mim. Quero dizer, desde que Luke também gostasse dela.

Devo admitir que senti uma pontada de culpa. Com a história de esconder de Trina a visita iminente de Luke Striker à nossa bela cidade. Ela ficaria totalmente louca quando descobrisse.

Mas, afinal de contas, Trina jamais conseguiu ficar furiosa comigo por muito tempo.

Trina e eu estávamos mandando uma para a outra nossas respostas do dever de casa de latim, pelo computador — o que não significa exatamente colar. Só estávamos confirmando que tínhamos chegado à mesma conclusão, quando recebi uma mensagem de alguém que não era Trina, Geri Lynn nem nenhuma das pessoas que normalmente me mandam *e-mails*. O nome dessa pessoa na tela era Otempora, que, segundo aprendemos em latim, é uma expressão que significa "Em que tempos vivemos!", como se no ano 9 eles tivessem de se preocupar com coisas como a Al-Qaeda ou Jennifer Lopez.

Por acaso, Otempora é o nome de Scott Bennett na rede.

Verifiquei a mensagem na mesma hora, achando que tinha provavelmente algo a ver com o jornal.

Não tinha.

OTEMPORA: Ei, Jen. Você não está com raiva por eu ter dado a sua ideia de matéria para o Kwang, está? A do sequestro de Betty Ann.

Dava para ver que Geri Lynn estava pegando no pé dele por causa disso. Ultimamente, parece que Geri vinha pegando no pé de Scott mais do que nunca. Pessoalmente, acho que é porque Geri vai se formar e ir para a faculdade. Na Califórnia. Cursar jornalismo televisivo. Isso é que é mudança! Notei que algumas vezes, quando as pessoas estão para ir embora, brigam com a gente sem motivo. É como se fosse mais fácil para elas dizer adeus se estiverem furiosas do que ainda gostando da gente. Trina faz isso comigo sempre que vai com os pais para a casa de verão em Lake Wawasee. É meio engraçado.

Claro, eu não podia dizer isso ao Scott. Você sabe, que a namorada dele só estava puxando briga porque está chateada por abandoná-lo.

Porque isso não é da minha conta. E, além do mais, ele não perguntou. Em vez disso escrevi:

JENNYG: Claro que não estou com raiva. Por que estaria?

Scott escreveu de volta:

OTEMPORA: É, foi o que pensei. Mas Geri acha que você está com raiva. Claro, ela não sabe exatamente o quanto você tem no seu prato...

Não, Geri não sabe. Porque ela, como o resto do mundo, não faz ideia de que sou Annie.

OTEMPORA: ...mas seria imaginável que ela conhece você o suficiente para saber que não é o tipo de garota que fica com raiva de coisas assim.

Não, não sou. Não sou esse tipo de garota, nem um pouco.

Disse para ele não se preocupar, depois voltei para o dever de trigonometria. Porque até mesmo garotas que não são desse tipo têm de fazer o dever de casa.

Até mesmo garotas que, sem que o resto do mundo saiba, estão para ser amigas pessoais de um grande astro como Luke Striker.

Pergunte à Annie

Faça à Annie suas perguntas de relacionamento pessoal mais complexas. Ande, tome coragem! Todas as cartas à Annie estão sujeitas a publicação no *Register* da Escola Clayton.
Os nomes e endereços de *e-mail* dos que enviarem as correspondências serão mantidos em segredo.

Querida Annie,

Só gosto de caras que já têm dona. Você sabe, caras que já têm namorada. Fico paquerando até que eles larguem a namorada, e assim que eles estão disponíveis começo a não gostar mais. Que negócio é esse? E o que posso fazer para acabar com isso?

Quero Ser Sua Namorada — Até Ser.

Querida Quero Ser Sua Namorada,

Ou você tem medo de compromisso ou se empolga em roubar o namorado das outras. De um modo ou de outro, o fato de reconhecer que isso é um problema significa que passou da metade do caminho para resolvê-lo. Faça um esforço consciente para tirar as mãos dos namorados de suas amigas... porque se não fizer isso, elas não serão suas amigas por muito tempo, e logo logo você não terá amiga NENHUMA. Nem amigo.

Annie

Quatro

Eu tinha esperado que Luke Striker fosse aparecer em algum momento da próxima semana, ou talvez na outra. Certamente não esperava que chegasse a Clayton no *dia* seguinte.

Mas foi exatamente o que aconteceu. Eu estava sentada na sala de latim, esperando o começo da aula e dando uma olhada no exemplar do último número do *Register* quando de repente a porta se abriu, a sra. Kellogg enfiou a cabeça, disse meu nome e depois curvou o dedo me chamando.

Saí da carteira e fui para o corredor me juntar a ela e à pessoa alta e de aparência desarrumada que estava ao lado.

— Jenny — disse a sra. Kellog, os olhos brilhando mais do que o normal. — Este é Lucas Smith, o aluno novo de quem falamos ontem.

Eu estava tão absorvida na matéria de Kwang sobre Betty Ann — tenho de admitir que meu trabalho gráfico estava particularmente bom: havia uma foto ótima de Betty Ann com seu uniforme de chefe de torcida da Escola Clayton e as palavras DESAPARECIDA:

OFERECE-SE RECOMPENSA embaixo, como as que são impressas nas caixas de leite — que a princípio quase dei uma de "*Que aluno novo?*".

Então lembrei. Luke Striker. Luke Striker vinha a Clayton pesquisar um personagem e ia se fingir de aluno transferido.

E ali estava.

Mesmo que ninguém estivesse prestando a mínima atenção à sra. Kellog ou ao "Lucas", me senti começando a ficar vermelha de vergonha. A segunda campainha ainda não havia tocado, de modo que a maioria das pessoas continuava pelos corredores, nem mesmo olhando para nós. Não sei por que fiquei tão sem graça.

Certamente não esperava me sentir assim. Quero dizer, por ver Luke Striker em carne e osso. Ou nem mesmo em carne e osso, já que ele estava com *muito* mais roupas do que no último filme. Alguém devia ter dado dicas sobre como os garotos de Indiana se vestiam, já que ele tinha todo o *look* — jeans largos, camisa de time de futebol americano grande demais, um par daqueles tênis horríveis. Tinha acrescentado uns óculos de aro de metal, e parecia que o cabelo havia crescido. Estava ainda mais comprido do que quando fez Lancelot. E mais escuro. Aparentemente, Luke não é exatamente um louro natural.

E era mais alto do que eu achava. O cara parado ali perto da porta, o cara a quem eu estaria encarregada de dar "dicas", não parecia mais astro de cinema do que eu...

A não ser, claro, que você soubesse que ele era.

— Ah — falei sem graça, já que a sra. Kellogg só ficou ali parada, me olhando cheia de expectativa, dando seu risinho mais imbecil. — É. Oi.

55

Luke só assentiu para mim. Não dava para dizer se estava tentando ser misericordioso porque tinha notado minhas bochechas em chamas ou só, você sabe, naturalmente tranquilo. De qualquer modo, ficou claro que eu era quase tão interessante para ele quanto uma velha reprise de *Deus nos ajude.*

— Bem — disse a sra. Kellogg. — Espero que você ajude a sra. Mulvaney a encontrar um lugar para... hã... Lucas. E que mostre a escola para ele. Certo, Jen?

— Claro — consegui grasnar. O que estava *errado* comigo? Juro que não sou *nem um pouco* do tipo que se impressiona com celebridades. Todas as celebridades de quem gosto nem são tecnicamente celebridades... você sabe, escritores como Stephen King, Tolkien ou sei lá quem mais.

E aqui estava eu, ficando vermelha porque *Luke Striker* tinha balançado a cabeça para mim?

Havia algo errado. Muito errado.

— Fantástico — disse a sra. Kellogg. A segunda campainha soou. Atrás das lentes dos óculos Luke se encolheu, como se o som lhe desse dor de cabeça.

— Bem, então vou deixar você aqui, hã... Lucas — disse a sra. Kellogg. As pessoas estavam começando a entrar na sala, ou pelo menos tentando. Era meio difícil, com a gente bloqueando a passagem daquele jeito. — Todos os seus professores devem saber que você está... hã... aqui. Nós mandamos um memorando ontem à tarde.

— Fantástico — disse Luke. De trás dele pude ouvir a sra. Mulvaney gritando: "*Eo! Eo!,*" que significa *andem*, ou, neste caso, *saiam da frente.*

Saímos da frente. A sra. Mulvaney conseguiu por fim entrar na sala. Notei que ela não olhou para a sra. Kellogg nem para Luke, mesmo com os dois bloqueando o caminho. Pelo menos não imediatamente. Em vez disso, seu olhar foi direto ao lugar onde Betty Ann ficava.

Vendo que a boneca continuava desaparecida, a sra. Mulvaney voltou a atenção para os recém-chegados... mas não antes de eu ver seu rosto se retorcer, só um pouquinho. Mais do que nunca, tive certeza de que ela sentia falta de Betty Ann. Quero dizer, sentia falta *mesmo*.

— Sra. Mulvaney, este é o novo aluno de quem falamos, Lucas Smith — disse a sra. Kellog. — O que vai ser guiado por Jenny.

— Ah, claro — disse a sra. Mulvaney, sem mostrar sinal de que tinha adivinhado a verdadeira identidade de Luke. Provavelmente, porque não tinha. Em geral, os professores de latim não são muito versados em cultura popular. — Todo mundo atrás de Jen pule uma carteira para trás. Tem uma carteira vazia perto do apontador de lápis. Isso.

Luke afundou na carteira atrás de mim. Precisei dar o braço a torcer. Ele tinha até mesmo o estilo de caminhar do tipo "não me sinto tão empolgado por estar aqui". A postura e o passo eram totalmente iguais aos de Kurt Schraeder e seus amigos, quando entraram alguns segundos depois, logo antes do terceiro e último sinal.

A sra. Mulvaney apresentou o novo aluno ao resto da turma — em latim — e todos cumprimentamos obedientemente o novo *amicus*. Luke ergueu a mão e disse "E aí", em voz entediada.

Até a voz, fiquei atarantada em notar, me deixava vermelha!

Assim que a sra. Mulvaney se virou para o outro lado, Luke cutucou minhas costas com o lápis (com o lado da borracha, graças a Deus) e sussurrou no meu ouvido:

— É sério que vocês têm aula tão cedo *todo dia*?

Demorei alguns segundos para descobrir o significado por trás das palavras. Isso porque os arrepios subiam e desciam pela coluna. Ter um astro de cinema como Luke Striker sussurrando no ouvido da gente? Vou dizer: até minha *mãe* ficaria arrepiada.

Mas eu estava me esforçando ao máximo para ficar tranquila com a coisa toda. Sussurrei de volta:

— Ah... é.

— Mas é mais ou menos às... *oito horas* — disse Luke com alguma incredulidade.

— Eu sei — sussurrei de volta. Então, tentando ser encorajadora, acrescentei: — Mas a gente sai às três.

— *Três!* Ainda faltam sete horas.

A respiração de Luke fazia cócegas na minha bochecha. Cheirava como se ele tivesse acabado de engolir uma pastilha de hortelã. Imaginei se todos os astros de cinema andam por aí com um hálito tão refrescante. Talvez seja isso que os separe... você sabe, do resto de nós. O hálito naturalmente cheiroso.

— Ah... — respondi tentando manter o controle. Mas só consegui dizer um inteligente: — Eu sei.

Luke afundou de novo na carteira, incrédulo.

— Caralh...

A sra. Mulvaney, que ouviu essa última parte, virou-se e perguntou a Luke e a mim, em latim, se havia algum problema. Falei que não.

Mas havia. Ah, sim, havia. Porque eu não esperava que Luke fosse um gato tão completo e absoluto na vida real. Não, você sabe, que eu imaginasse que sua gatice na tela era totalmente resultado de efeitos especiais, ou sei lá o quê...

Mas acho que talvez imaginasse.

No entanto, não era.

E não fui a única menina na escola a notar. Sério. Luke me acompanhava a toda parte: ao meu armário, às aulas, ao bebedouro. E ainda que ninguém o reconhecesse — ninguém sequer disse: "Ei, sabe com quem você é parecido? Com o Luke Striker" —, notei que os olhares da população feminina da Escola Clayton pareciam grudados no cara. Ele nem conseguia levantar a mão para afastar uma mecha caída nos olhos sem fazer com que metade das pessoas na minha turma de inglês ficasse sem fôlego.

O carinha era um *gato*. Não havia como negar. Não culpei Angelique pela tatuagem, nem um pouco.

A única coisa que não dava para deduzir é por que ela tinha dado um pontapé nele.

Mas não posso dizer que eu tenha notado que Luke era bom de papo. Mal falou três palavras comigo durante toda a manhã. Não consegui saber se era porque tinha uma natureza quieta, se estava com raiva de mim ou alguma outra coisa. Só que eu não tinha feito nada, pelo que soubesse, para deixá-lo com raiva. Apenas quando, arrastando-se atrás de mim para o segundo período de trigonometria, captei qual poderia ser o problema quando ele perguntou, todo sonolento:

— Olha, tem algum lugar por aí onde eu possa conseguir um espresso?

— Espresso? — Será que posso dizer que *espresso* não é uma palavra que a gente ouve muito em Clayton? Mas tentei ser legal.

— Bem, tem um Starbucks no centro da cidade.

— Quer dizer que eu tenho de ir *de carro* a algum lugar para tomar um café? — Os olhos azuis de Luke, tão estupendos na tela porém (mesmo escondidos atrás dos óculos) ainda mais impressionantes na vida real, como duas piscinas, de tão azuis, se arregalaram. — O que há com este lugar?

— Bem, na verdade, nada. Quero dizer... é o ensino médio.

Luke praticamente dormiu durante a trigonometria e o francês. Na verdade, só começou a acordar lá pela quarta aula. O que ia ser bom, porque era quando eu tinha ensaio dos Trovadores. Luke precisaria estar totalmente ligado perto de Trina. Porque se alguém fosse enxergar através de seu "disfarce", era Trina.

Alertei sobre ela quando íamos para o departamento de música. Quanto mais tempo passava com ele, menos travada eu ia ficando.

Mas isso não significava que estivesse, você sabe, exatamente *à vontade* na presença dele. Porque ainda não tinha sacado exatamente qual era a do sujeito. O que é estranho, porque geralmente sou boa nesse tipo de coisa.

— Se você realmente quer manter essa coisa de anonimato — expliquei —, vai ter de tomar o maior cuidado quando estiver perto de Trina. Ela tem aspirações teatrais. E praticamente memorizou cada episódio de *Deus nos ajude*.

Luke nem estava prestando atenção. Finalmente havia aberto os olhos o bastante para espiar a máquina de refrigerante.

— Cafeína! — disse ele e praticamente se jogou em cima da máquina. Então seu queixo caiu. — Não tenho dinheiro trocado!

Pesquei um dólar nos meus jeans e entreguei a ele.

— Sério, Luke — insisti enquanto a galera entrava na sala da banda, atrás de nós. — Trina é minha melhor amiga. Sei o que estou falando.

Nunca vi ninguém beber uma lata inteira de Coca sem parar para respirar. Mas Luke Striker conseguiu. Quando terminou, soltou um arroto suave e jogou a lata vazia por cima da cabeça — para trás — dentro da lata de lixo.

E acertou.

— Sem problema — disse ele, na voz mais animada que tinha usado a manhã inteira.

Então sorri. E senti as entranhas dando uma cambalhota.

Depois do refrigerante Luke se animou um bocado. E quando entramos na sala do coral, que parece um poço formado por arquibancadas forradas de carpete descendo em degraus baixos, até se animou visivelmente ao ver seu reflexo na parede de espelhos do outro lado da sala, onde a gente deveria olhar a própria respiração — pelo menos aqueles cuja visão não fosse impedida pelo cabelo de Karen Sue Walters.

Foi nesse momento que Trina entrou. Dava para ver que já sabia sobre o novo aluno que eu estava guiando, já que espiou a sala ao redor e, quando seu olhar pousou em mim e em Luke, pôs uma expressão muito decidida no rosto e veio descendo com tudo na nossa direção, dizendo:

— Então, Jen, não vai me apresentar seu novo *amigo*?

— Trina — falei rapidamente. — Oi. Este é Lucas Smith. Lucas, esta é minha amiga Trina.

Foi nesse ponto que Luke se virou e disse a Trina:

— Oi. Você é a atriz, certo?

Trina levantou a cabeça para Luke (ele era bem alto, com quase 1,90m) e praticamente se derreteu numa poça bem na frente dele.

— Bom — respondeu ela nunca voz que eu nunca tinha ouvido. — É. Sou eu.

— Prazer em conhecê-la — disse Luke. — E aí, como é o departamento de teatro nesta escola? É bom?

Eu quis cutucar Luke e avisar: *Pegue leve com esse negócio de teatro*, porque tinha medo de que Trina fizesse a conexão: Lucas Smith... teatro... *Luke Striker*.

Mas acho que superestimei a obsessão de Trina pelo cara, porque ela começou a dizer que era uma pena ele ter sido transferido tarde demais para fazer teste para o musical de primavera, e que o jornal local tinha dito que sua interpretação de Tia Mame era "inspirada" e que Luke tinha sorte por o sr. Hall tê-lo deixado entrar nos Trovadores, que o processo de seleção tinha sido realmente árduo...

O que me fez imaginar como o dr. Lewis fizera isso — quero dizer, como havia convencido o sr. Hall a deixar um cara que nem tinha feito teste entrar em seu precioso coral — e se o sr. Hall talvez soubesse da verdade. Mas é verdade que o sr. Hall é bem exasperado com os tenores. Meio como é exasperado com minha dança.

Foi nesse ponto que Steve — o barítono tão apaixonado por Trina a ponto de assistir de boa vontade a comédias românticas inteiras no cineplex do *shopping* só para ficar perto dela durante noventa minutos — acercou-se de nós.

— Ei — disse ele. Steve é meio magrelo, com um pomo de adão projetado. Quando fica nervoso, aquele pomo de adão sobe e desce. Estava subindo e descendo feito um doido quando ele chegou perto de Trina e Luke. — E aí?

— Ah, oi, Steve — disse Trina, sem jeito. — Este é o Lucas.

— Oi — disse Steve a Luke.

— E aí, cara — respondeu Luke, pondo o Steve no chinelo com apenas três palavras e um movimento de cabeça. Coitado do Steve!

— Certo, gente! — O sr. Hall saiu de sua sala, que ficava ligada à sala do coral, e bateu palmas. — Sentem-se, por favor. Ocupem seus lugares! — Então seu olhar pousou sobre Luke. — Você. Quem é você?

Foi meio engraçado vê-lo conhecer Luke Striker. Agora era óbvio que o sr. Hall não fazia ideia da pessoa a quem estava sendo apresentado.

Mas, puxa, aqui estava um cara que era ator de verdade — tinha ganhado milhões fazendo isso — e ali estava o sr. Hall, que nos disse que tinha trabalhado na Broadway, mas que agora comandava um coral de escola de ensino médio no sul de Indiana.

No entanto, o maestro do coral estava agindo de modo muito mais presunçoso do que o ator. O sr. Hall começou imediatamente a falar que tinha recebido o memorando sobre Luke e coisa e tal, mas que realmente se ressentia de que a administração presumisse que qualquer um podia ser um Trovador, e que Luke (Lucas) deveria ter feito teste como todo mundo, e que ele não via por que deveria deixá-lo entrar sem fazer, só porque já era tão tarde no ano escolar.

Luke nem piscou um olho. Provavelmente porque estava acostumado com diretores, suas exigências absurdas. Só disse:

— Ah, não se preocupe, senhor, só vou ficar observando até pegar o jeito.

Acho que foi o tom do *senhor* que realmente fez efeito. Como Trina, o sr. Hall ficou instantaneamente fascinado. Até deixou Luke sentar-se perto da acompanhadora e virar as páginas.

Preciso admitir que fiquei bem impressionada ao ver como Luke tinha enrolado o sr. Hall.

Mas durante o quarto período não tive muito tempo para pensar em Luke. Porque o sr. Hall nos fez repassar três vezes o programa do concurso. Puxa, a gente precisou ficar de pé, fazer os movimentos de braços e tudo. Fiquei chateada porque não deu mais para me esconder atrás do cabelo de Karen Sue Walters e ler. Fiquei ainda mais chateada porque os movimentos de braços eram realmente complicados e difíceis de lembrar, e porque eu vivia errando e o sr. Hall vivia gritando comigo.

— Está atrasada, srta. Greenley! — e — Pare de preguiça, Jenny! — foi tudo que ouvi durante toda a aula.

Trina estava fazendo com que eu suasse feio em troca de todos aqueles pontos extracurriculares, vou lhe contar.

Mas para nós, contraltos, não é tão ruim quanto para as sopranos. Elas têm de DANÇAR de verdade. Com CARTOLAS. Sério. Têm de fazer uns passos tipo aqueles de cartola e bengala no "All That Jazz" do musical *Chicago*, só que sem as bengalas. O que para elas está ótimo, porque todas as sopranos são boas dançarinas. Mas nós, contraltos, temos de passar para elas as cartolas que ficam numa pilha atrás do tablado. É difícil paca... você sabe, para alguém como eu, sem senso de ritmo. Quando tocou a campainha do almoço eu estava exasperada.

Mas por acaso Luke só estava começando a ganhar pique.

— Vocês recebem créditos escolares por isso? — quis saber ele, enquanto saíamos da sala do coral.

É meio engraçado ele ter deduzido tão depressa que o coral era um saco. Puxa, eu fiquei no coral durante três meses inteiros antes de deduzir. E não são só os sutiãs com enchimento. "All That Jazz" é o número mais maneiro que a gente faz. O resto do programa consiste no que o sr. Hall chama de pontos altos da Broadway, que incluem "As Long as He Needs Me", de *Oliver* (nós, contraltos, gostamos especialmente dos versos "As long as he needs me/I'll cling on steadfastly". Nós cantamos "Klingon", em vez de *cling on*. Até agora o sr. Hall não notou) e "Day by Day", de *Godspell*.

Não, o maior porre é que o sr. Hall faz a gente se apresentar nas escolas de ensino fundamental e nas reuniões da Associação de Ajuda às Crianças e coisa e tal. Estou falando totalmente sério. Fiquei horrorizada quando descobri. Quis matar Trina. Mas aí já era tarde demais; não havia mais vagas em nenhuma outra turma para a sra. Kellogg me transferir.

Mas, de certa forma, o coral não é tão ruim, porque dá às personalidades artísticas mais sensíveis da escola um lugar onde comer em segurança. Um punhado de Trovadores almoça na sala do coral, só para não ter de encarar os Kurt Schraeders da escola no refeitório.

Mas não é por isso que Trina sempre quer comer na sala do coral. Só quer garantir que o sr. Hall — que almoça em sua sala, em vez de na dos professores; não creio que o sr. Hall seja muito popular com o resto do corpo docente — não entregue os solos a alguma outra soprano só porque Trina teve o infortúnio de não estar lá na hora.

Eu disse a Trina que nem passando por cima do meu cadáver deixaria que sua competitividade com Karen Sue Walters ficasse no caminho de minhas opções gastronômicas na hora do almoço, por isso nós comemos no refeitório e não na sala do coral.

Mas Luke não tinha como saber isso. Olhou por cima do ombro para Karen Sue e as outras pessoas que tiravam os sacos com o almoço de baixo dos tablados enquanto saíamos da sala e disse:

— A aula não terminou? Por que eles estão comendo aqui?

— Ah, você quer dizer: o que há com a terra dos brinquedos desajustados? — Trina riu longamente de sua própria piada, mesmo que, por sua escolha, ela estivesse ali com eles.

Fui eu que tive de explicar:

— Eles comem aqui porque morrem de medo.

— De quê? — perguntou Luke.

Então entramos no refeitório.

E pela segunda vez naquele dia Luke disse:

— Caralh...

Só que, desta vez, por um motivo diferente.

Pergunte à Annie

Faça à Annie suas perguntas de relacionamento pessoal mais complexas. Ande, tome coragem! Todas as cartas à Annie estão sujeitas a publicação no *Register* da Escola Clayton. Os nomes e endereços de *e-mail* dos que enviarem as correspondências serão mantidos em segredo.

Querida Annie,

Meu namorado mastiga de boca aberta e fala com ela cheia de comida. Sinto tanta vergonha! Já falei com ele um milhão de vezes, mas ele não para. Como é que vou fazê-lo ter boas maneiras?

Fale Em Vez De Cuspir

Querida Em Vez De Cuspir

Recusando-se a sentar à mesma mesa que o sujeito até ele aprender a comer como um cavalheiro. Bastará algumas refeições sozinho e ele vai engolir antes de falar, garanto.

Annie

Cinco

Acho que, para os não iniciados, o refeitório da Escola Clayton pode parecer meio intimidante. Quero dizer, enfie seiscentos adolescentes — nós comemos em dois turnos — em qualquer sala e o negócio vai ficar barulhento.

Mas acho que Luke não estava esperando aqueles decibéis de arrebentar os tímpanos.

E há o fato de que, afora a Glenwood Road — a rua principal do centro de Clayton, onde as pessoas que têm carro ficam indo para cima e para baixo toda noite de sábado —, não há lugar mais badalado do que o refeitório da Escola Clayton. Na Clayton, você não pode simplesmente pegar a comida, sentar-se a uma mesa e comer.

Não, tem de andar por um longo corredor entre as mesas para chegar onde a comida é vendida — mesmo que você só queira um leite, um refrigerante ou algo assim.

E, enquanto anda por esse corredor, todos os olhares do refeitório estão em você. Sério. É no refeitório que as reputações são feitas ou desfeitas, dependendo de como você for maneira andando por aquele corredor.

A não ser, claro, que você seja eu. Então, francamente, ninguém se importa.

Mas Luke não sabia disso. Ficou parado junto à porta, olhando horrorizado o corredor pelo qual Courtney Deckard e algumas garotas de sua panelinha estavam desfilando.

— Meu Deus — ofegou ele. Era meio difícil ouvi-lo acima do ruído. — É pior do que o Sky Bar.

Trina cantarolou:

— A gente chama de passarela. Está preparado para se mostrar?

Ainda perplexo, Luke nos acompanhou enquanto seguíamos pela passarela em direção à fila da comida. Não notei exatamente o ruído diminuir enquanto passávamos, mas sem dúvida tive consciência de que havíamos conseguido capturar a atenção de todas as criaturas do sexo feminino — desde a caloura mais minúscula até a funcionária mais antiga.

Luke parecia não perceber a agitação que provocava. Era como se estivesse em choque. Quando lhe entreguei uma bandeja, ele pegou sem dizer palavra. Quando a funcionária perguntou se ele queria milho ou ervilhas, ele pareceu incapaz de escolher. Eu disse que era milho, já que achei que Luke, como visitante ao nosso estado, talvez quisesse experimentar o produto pelo qual o lugar é mais conhecido.

Assim que as bandejas estavam cheias, fomos até a caixa, onde Luke parecia continuar atordoado demais para pagar as duas pratas do almoço. Paguei. É bom eu ser uma babá tão popular — como não tenho namorado, sempre estou disponível nas noites de sábado — porque, caso contrário, se eu tiver de ficar pagando para Luke em todo lugar aonde formos, talvez vá à falência.

Trina e eu pousamos as bandejas na mesma mesa em que vínhamos nos sentando todos os dias desde que entramos na escola — exatamente no meio da sala, entre a galera popular — os que criam moda — e a galera dos que não eram suficientemente sensíveis para ter de comer na sala do coro, mas não eram suficientemente populares para se sentar com os atletas — os seguidores da moda.

Trina e eu não somos as únicas na mesa do meio. Há um punhado de pessoas que também se sentam ali. Dentre elas estão, mas sem restringir, de modo algum, a maioria dos bolsistas por mérito da escola, os crânios, os fanáticos por computador, os doidos por teatro, os *punks* e o pessoal do *Register* da Escola Clayton.

Geri Lynn quase engasgou com sua Diet Coke sem gás quando Luke Striker sentou-se na cadeira ao lado da dela e começou a olhar pensativo para a comida.

— Ah, oi — disse Geri. — Você deve ser o Lucas.

Está vendo? Vê como a notícia corre depressa? Eu ainda não tinha visto Geri Lynn naquele dia e ela já sabia do novo aluno. Dá para imaginar se soubessem que sou a Pergunte à Annie? O tempo curtíssimo em que a notícia correria por toda a escola?

Luke nem olhou para Geri. Em vez disso pegou o garfo e cravou na comida.

— O que é isso? — perguntou ele.

— Bife Salisbury — falei. Eu tinha apanhado pizza. Provavelmente deveria tê-lo avisado para comprar na área especial, e não pegar o almoço da escola. Mas achei que talvez, em sua ânsia por experimentar tudo do Meio-Oeste, ele quisesse experimentar o bife.

— Sou vegetariano — disse Luke, principalmente para o bife.

— Tem uma saladeria. — Trina, que oscila entre ovos e lácteos, dependendo do humor, sugeriu, solícita.

Scott havia trazido seu almoço de casa, como fazia diariamente. Em geral, é qualquer coisa que ele tenha preparado para o jantar com o pai na noite anterior, bem-acondicionado em Tupperwares. Hoje parecia ser massa e pão de alho, que Scott havia aquecido no micro-ondas do refeitório. O cheiro era realmente bom.

— Você vai comer isso? — perguntou Scott a Geri, referindo-se ao bolinho diante dela.

— Não, querido — disse Geri, com o olhar ainda fixo em Luke. — Pode pegar.

Scott pegou o bolinho e deu uma mordida. Depois fez uma careta e o pousou. As habilidades culinárias do pessoal do refeitório não são iguais às dele.

— Vocês comem aqui todo dia? — perguntou Luke, examinando atentamente um pedaço de bife Salisbury que tinha fisgado.

— É um *campus* fechado — informei. — Só o pessoal do último ano pode sair da escola na hora do almoço. E, mesmo assim, eles só têm o Pizza Hut e o McDonald's para escolher. Todos os outros lugares ficam longe demais para conseguirem voltar antes do sexto tempo.

Luke suspirou e tirou o bife do garfo.

— Quer um pouco disto? — perguntou Scott, indicando o que restava de sua massa. — Tem carne dentro, mas...

Luke enfiou o garfo no Tupperware de Scott, sem esperar outro convite. Comeu uma garfada da massa, mastigou e engoliu. Enquanto ele fazia isso não pude deixar de notar que o olhar de todas as fêmeas das vizinhanças — desde Trina até Geri e a aluna de intercâmbio japonesa, Hisae — estavam fixados em seu maxilar másculo.

— Cara — disse Luke depois de engolir. — Isso é bom. Sua mãe é que faz?

Scott não se incomoda com o fato de gostar de cozinhar. Diferentemente de outros caras, nunca pensaria em negar que sabe fazer massa. Não fez isso na frente de "Lucas".

— Não, eu mesmo fiz. Ande, pode acabar. Vou pegar outro refrigerante.

Luke estava engolindo a massa de Scott com um entusiasmo surpreendente para alguém que professava não comer carne, quando de súbito o refeitório irrompeu em mugidos. Sério. Foi como se de repente tivéssemos entrado na tenda de leilões da feira agropecuária ou algo assim.

Luke girou em sua cadeira, tentando deduzir o que acontecia. Mas só viu o que todos nós víamos todos os dias, Vera Schlosburg indo pela passarela até a fila da comida.

Coitada. É uma pena ela não ter conseguido entrar no coral. (Fez teste e tudo, mas não entrou. Algumas sopranos mais presunçosas disseram que é porque não existem sutiãs com enchimento suficiente para imitar o peito de Vera e nos dar uniformidade de aparência.) Porque, pelo menos assim, ela teria um lugar seguro para a hora do almoço.

Em vez disso, tenta comer no refeitório como uma pessoa normal e, francamente, isso nunca pareceu dar certo.

Os olhos de Vera, como sempre, encheram-se de lágrimas enquanto os mugidos aumentavam de volume à medida que ela prosseguia pela passarela. Estava segurando uma bandeja contendo o almoço de baixas calorias de sempre — um prato de alface, molho do lado, alguns biscoitos-palito e um refrigerante *diet*.

Mas Kurt e seus amigos não respeitam o fato de que Vera pelo menos está tentando perder peso. Só continuaram mugindo, praticamente sem perceber que faziam isso. Vi Courtney Deckard soltar um mugido e depois voltar direto à conversa com outra chefe de torcida do outro lado da mesa, como se nem tivesse havido uma interrupção.

— Cala a boca, pessoal — gritou Vera para o lado da sala onde ficava a galera popular, de onde vinha a maioria dos mugidos (mas não todos). — Não é engraçado!

A parte mais triste é que sei que Vera teria dado tudo para sentar-se ali. Você sabe, na mesa popular com os mugidores. Vera é uma daquelas garotas que adoram os atletas e as chefes de torcida, a galera popular. Não sei por quê, já que participei de conversas com elas, com Courtney Deckard ou as outras, e o papo é sempre: "Você foi na liquidação da Bebe esta semana? Não é *show*?", ou "Eu disse que queria pedicure francesinha para destacar o bronzeado, mas fizeram rosa demais, não acha?"

Você sabe, não que a conversa na minha mesa de almoço seja mais estimulante. Mas pelo menos falamos de coisas além de "o que fulaninha estava usando na festa de fulaninha e se o sanduíche *light* no Penguin é realmente sem gordura".

Mas Vera se convenceu de que está perdendo alguma coisa, por isso vive tentando fazer com que a galera popular a aceite no grupo, comprando todas as roupas certas, usando o cabelo do jeito certo...

Mas certo para quem? Não para Vera, que tinha uma calça capri exatamente igual à de Courtney Deckard. Mas não ficava bem nela — pelo menos não como em Courtney. Nem de longe.

E, claro, seu cabelo tinha a mesma cor louro-mel de Courtney (cortesia do mesmo salão, até). Mas louro-mel fica muito melhor em garotas como Courtney do que numa garota como Vera.

Na verdade, Vera ficava tão mal nas roupas e nos penteados que Courtney e sua turma insistiam que todo mundo precisava usar para ser maneiro que as próprias pessoas que ela estava tentando impressionar só podiam dar risinhos de volta.

Ou mugir.

Uma coisa seria se ela simplesmente não se importasse com o que as outras pessoas pensavam a seu respeito. Quero dizer, há um monte de gente acima do peso na Escola Clayton. Mas a única que sofre com isso é Vera.

E a reação de Vera aos mugidos só os torna mais divertidos para os mugidores. As pessoas mugem com mais força quando Vera implora que parem. Não entendo como ela não vê isso. Já lhe disse um monte de vezes... bem, pelo menos a Pergunte à Annie disse.

Mas Vera nunca pode fazer nada como uma pessoa normal. Em vez de simplesmente pegar sua bandeja e sentar-se em algum lugar fora da linha de fogo, ela girou e girou, tentando identificar exatamente de onde vinham os mugidos.

— Parem! — gritou ela. — Eu mandei parar!

Por fim, como acontecia inevitavelmente na maior parte dos dias, alguém jogou algo de comer na cabeça de Vera. Desta vez foi uma batata cozida. Acertou-a bem na testa, fazendo-a largar a bandeja — mandando folhas de alface e molho para toda parte — e fugir para o banheiro feminino, soluçando.

— Ah, nossa! — falei, porque sabia que esta era minha deixa para me levantar e ir consolá-la.

— Que diabo há de errado com essas pessoas? — perguntou Luke, olhando ao redor com uma expressão indignada.

— Ah, não se preocupe com a Vera — disse Geri Lynn. — Jen vai dar um jeito nela a tempo para a campainha.

— Jen vai... — Luke olhou para mim como se eu fosse a visitante de outro planeta, e não Vera. — Isso já aconteceu antes?

Trina revirou os olhos.

— Antes? Digamos que todo dia.

Dei um sorriso educado ao Luke, depois me levantei e fui atrás de Vera.

Encontrei o sr. Steele, o professor de biologia que teve o infortúnio de ser encarregado do refeitório naquele dia, parado diante do banheiro feminino, gritando:

— Vera, vai ficar tudo bem. Por que não sai e me diz por que está tão perturbada?

Assim que me viu, o rosto do sr. Steele se desmontou de alívio.

— Ah, Jenny — disse ele. — Graças a Deus você está aqui. Poderia ver se Vera está bem? Eu faria isso, mas, você sabe, é o banheiro das meninas...

— Claro, sr. S.

— Obrigado. Vocês são ótimos.

Fiquei meio espantada pelo "vocês". Não tinha percebido, até olhar para trás, que não era a única da mesa que tinha saído do refeitório. Luke estava parado atrás de mim.

Pensando que ele estava levando meio a sério demais o negócio de bancar minha sombra, falei:

— Ah, só vou demorar um minuto — e comecei a entrar para falar com Vera.

Mas, para minha surpresa, Luke me pegou pelo braço e, arrastando-me para fora do alcance dos ouvidos do sr. Steele, disse:

— Que *negócio* foi aquele?

— Que negócio? — Eu realmente não sabia do que ele estava falando.

— *Aquele* negócio lá. Os mugidos. — Luke parecia meio perturbado. Bem, talvez *perturbado* seja uma palavra um tanto forte. Ele parecia chateado. — Sabe, quando me ofereci para esse troço, não esperava que fosse exatamente como a escola de *Uma pequena casa na campina*. Mas também não achava que seria como uma ala de prisão num drama de TV.

Não sou fã da Escola Clayton — nem de nenhuma escola de ensino médio, a não ser daquela de artes, a do *Fama*, onde todo mundo dançava em cima de táxis na rua. Mas mesmo assim não pude entender como Luke podia compará-la a uma cadeia. A Escola Clayton não se parece com uma cadeia. Para começar, não existem grades nas janelas.

E, além disso, os prisioneiros têm sentenças reduzidas por bom comportamento. A única coisa que a gente consegue no ensino médio por não matar uns aos outros é um diploma que serve exatamente para nada, a não ser talvez um cargo de gerente num restaurante chinfrim.

— Ah — respondi. — Desculpe. — Do que ele estava falando? Por que estava tão chateado? Quero dizer, é horrível o modo como tratam Vera, mas o que *eu* posso fazer? — Mas tenho de ir...

— Não — disse Luke, com os olhos azuis ainda chamejando como pedaços de kriptonita por trás das lentes dos óculos. — Quero saber. Quero saber por que você não tentou impedir que aquele pessoal atormentasse a coitada.

— Olha — falei. Os uivos de Vera estavam ficando mais altos e eu sabia que a campainha ia tocar a qualquer minuto.

Mas não sei. Alguma coisa tomou conta de mim. Talvez fosse a tensão de ter um astro de cinema disfarçado me seguindo o dia inteiro. Ou talvez fosse a tensão residual de ter o sr. Hall gritando durante uma hora por causa das minhas mãos de *jazz*.

De qualquer modo, meio que explodi. Puxa, qual era a dele, basicamente não me falando nada na maior parte do dia e depois vindo gritar *comigo* por algo que Kurt Schraeder e seus amigos estavam fazendo?

— Se você desaprova tanto isto aqui — sibilei —, por que não volta para Hollywood? Eu não iria me incomodar, você sabe, porque na verdade tenho coisas mais importantes a fazer do que ser babá de prima-donas como você.

Então me virei e entrei no banheiro feminino.

Admito que, mesmo que meu discurso parecesse tranquilo e coisa e tal, eu não estava me sentindo nem um pouco tranquila. Na verdade, meu coração estava batendo meio depressa e me senti um pouco como se fosse pôr a pizza para fora. Porque, sinceramente, não brigo com as pessoas. Nunca.

E o fato de ter brigado com aquele famoso astro de cinema com quem o diretor e Doce Lucy tinham me encarregado de ser legal...

bem, fiquei meio apavorada. Apavorada com a hipótese de Luke contar ao dr. Lewis o que eu tinha dito. Apavorada com a hipótese de, em consequência, eu ser expulsa. E apavorada com a hipótese de não conseguir aquele diploma, afinal de contas, e ser obrigada a trabalhar como operadora de fresa, como coloquei no teste de aptidão.

Só que foi de brincadeira! Não quero ser operadora de fresa! Quero dizer, sou excelente para resolver os problemas das outras pessoas... e, você sabe, para fazer projeto gráfico e essas coisas. Posso ver como as coisas vão se encaixar e o que deve entrar onde, motivo pelo qual não sou apenas a Pergunte à Annie, mas também ajudo um bocado com a cenografia no Clube de Teatro. Quero ser terapeuta — ou *designer*, ou as duas coisas — quando crescer. E não operadora de fresa.

Só que é meio difícil ser terapeuta ou *designer* sem terminar o ensino médio.

Mas nesse ponto não tinha tempo para me preocupar com Luke. Porque ainda precisava lidar com Vera.

— Vera — falei, indo me encostar na porta do cubículo onde ela havia se trancado. — Saia. Sou eu, Jen.

— Por quê? — soluçou Vera. — Por que eles ficam fazendo isso comigo, Jen?

— Porque são idiotas. Agora saia.

Vera saiu. Seu rosto estava manchado e lacrimoso. Se não passasse tanto tempo chorando, parasse de tentar fazer chapinha no cabelo para ficar liso como o da Courtney Deckard e simplesmente o deixasse se enrolar para onde quisesse, abandonasse as calças capri, que não ficam tão bem numa pessoa com as formas dela, suspeito que até poderia ser bonita.

— Não é justo — disse Vera, fungando. — Eu tento e tento...
Até disse que meus pais iam sair da cidade no fim de semana passado e que eles podiam usar minha casa para fazer uma festa. Alguém apareceu? Não.

Abri a torneira de uma das pias e molhei um papel-toalha para limpar as plastas da batata dos cabelos de Vera.

— Eu já falei antes. Eles são idiotas, Vera.

— Eles não são idiotas. Eles mandam na escola. Como as pessoas que mandam na escola podem ser idiotas? — Vera olhou tristonha para seu reflexo no espelho acima das pias. — Sou eu. Sou só eu. Sou uma fracassada.

— Você não é fracassada, Vera. E eles não governam a escola. Quem governa a escola, tecnicamente, é o conselho estudantil.

— Mas eles são *populares* — observou Vera.

— Há coisas mais importantes do que ser popular, Vera.

— Para você é fácil dizer, Jen. Puxa, todo mundo gosta de você. TODO MUNDO. Nunca ninguém mugiu para você.

Verdade. Mas também nunca me esforcei para tentar *fazer* com que as pessoas gostem de mim, como Vera.

Mas quando mencionei isso, Vera só disse:

— Você fala igualzinho à Pergunte à Annie. *Seja você mesma.* É o que ela vive dizendo.

— É um bom conselho.

— Claro — respondeu Vera, triste. — Se você souber quem você é.

A campainha tocou, um toque longo e alto. Um segundo depois, o banheiro feminino estava cheio de garotas ansiosas para verificar o cabelo antes de ir para as aulas. Meu *tête-à-tête* com Vera havia terminado. Por enquanto.

— Vejo você depois — falei com ela. Vera simplesmente fungou em resposta e remexeu a bolsa procurando um lenço de papel. Não fiquei surpresa. Vera nunca me agradeceu por ter vindo ver como ela estava depois de um de seus ataques. Era um dos motivos, eu tinha quase certeza, para ela não ter amigos de verdade. Vera simplesmente não sabe tratar as pessoas.

Devo admitir que, com o negócio da Vera, eu tinha meio que esquecido o Luke Striker... pelo menos até sair do banheiro feminino — e ali estava ele, me esperando.

A sensação de enjoo voltou ao meu estômago. O que ele ainda estava fazendo ali? Eu tinha realmente achado que, depois da minha explosão, *Luke* teria dado o fora e ligado para a limusine vir pegá-lo. Em vez disso, veio até mim e, com as mãos nos bolsos, perguntou:

— Qual é a próxima aula?

Assim. Como se nada tivesse acontecido. Como se eu não lhe houvesse dito para voltar a Hollywood nem nada.

O que isso significava? Que ele não ia correr para o dr. Lewis e contar o que eu tinha dito? Que só ia fingir que minha explosão não havia acontecido? Que tipo de pessoa *faz* isso? Sou muito boa em julgar as pessoas. Menos, aparentemente, Luke Striker.

Depois disso, o nó no meu estômago se afrouxou um pouco, mas ainda não me sentia totalmente à vontade. Não sabia o que fizera Luke mudar de ideia quanto a mim e à Escola Clayton — nem mesmo *se* ele tinha mudado de ideia —, mas de uma coisa eu sabia:

Duvidava que eu ou a escola sobreviveríamos às expectativas dele.

Pergunte à Annie

Faça à Annie suas perguntas de relacionamento pessoal mais complexas. Ande, tome coragem! Todas as cartas à Annie estão sujeitas a publicação no *Register* da Escola Clayton. Os nomes e endereços de *e-mail* dos que enviarem as correspondências serão mantidos em segredo.

Querida Annie,

Minha namorada não para de me deixar com marcas de chupão. Eu fico sem jeito. Acho bom ela me amar e tal, mas... argh. Por que ela não para com isso e o que posso fazer para ela parar?

Cansado de Usar Gola Alta

Caro Gola Alta

Sua namorada está deixando marcas de chupão porque quer que todo mundo saiba que você tem dono. Diga que se ela não parar com isso você arranja uma garota que não seja tão insegura.

Annie

Seis

Eu deveria saber que todo mundo na escola ia se apaixonar por Luke. Quero dizer, mesmo disfarçado de Lucas Smith, ele é totalmente gato. E, encaremos, qualquer cara que não seja totalmente obcecado por corridas de demolição ou não use cabelo cortado rente em cima e comprido atrás pode ser considerado um gato na Escola Clayton.

Luke não era nenhuma das duas coisas. E tinha quase 1,90m. E era sensível o bastante para achar um horror o modo como todo mundo tratava Vera. E tinha a aparência de... bem, Luke Striker.

Ei, é de espantar que *eu* tenha me apaixonado por ele? Acho que não deveria ter culpado Trina. Quero dizer, por se apaixonar pelo novo aluno.

Não que eu não suspeitasse de que isso fosse acontecer. Trina ama Luke Striker mais do que ama seu gato, o sr. Momo, e o sr. Momo é companheiro constante de Trina desde a segunda série.

Mesmo assim não notei o que estava acontecendo até que estava no carro de Steve a caminho de casa. Nem Trina nem eu ainda temos carteira de motorista, porque:

a) nossos pais têm medo de ensinar e não existe curso de direção na nossa escola

b) mesmo que houvesse, não existe lugar para se ir de carro em Clayton e

c) mesmo que houvesse, sempre temos o namorado de Trina, Steve, que tem carro, para nos levar lá.

Felizmente para mim, Trina e Steve sempre ficam até tarde na escola, ensaiando qualquer peça que esteja sendo montada pelo Clube de Teatro. Neste momento é algo chatíssimo chamado *Antologia de Spoon River*, que por acaso é sobre gente morta — mas não zumbis nem nada maneiro —, só gente morta sentada num cemitério falando sobre como tinha sido estar viva, acho que para fazer com que a gente aprecie mais nossos seres amados, ou algo assim. Falei a Trina que ia na estreia e tal, mas tipo planejo me sentar na última fila com o último livro de Dean Koontz e uma microlanterna.

Eu provavelmente poderia ter pego carona para casa com Scott — ele sempre se lembra de perguntar se eu preciso.

Mas ultimamente pegar carona com Scott não tem sido uma diversão enorme, por causa do mau humor de Geri Lynn. Quero dizer, eu vou no banco de trás, tendo uma conversa perfeitamente civilizada com Scott sobre uma coisa ou outra — tipo *As duas torres* e como eu achava que os Ents eram meio tipo Jar Jar Binks, fato que ele nega arduamente — e de repente Geri Lynn interrompe com algo do tipo:

Geri Lynn: Scott, você se lembrou de ligar para a Ellis Flores para saber se eles vão publicar o cupom anual de desconto para os buquês do Baile da Primavera?

Então a conversa passa de Ents e Jar Jar Binks para o seguinte:

Scott: Não, Geri, não me lembrei de ligar para a Ellis Flores para saber se eles vão publicar o cupom anual de desconto para os buquês do Baile da Primavera porque isso é trabalho da Charlene. Ela é a encarregada dos anúncios.

Geri Lynn: Scott, seu dever como editor-chefe é supervisionar todos os aspectos do jornal. Você não pode esperar que Charlene, que é caloura e nem estava no Baile da Primavera do ano passado na Escola Clayton, se lembre de perguntar à Ellis Flores se vão publicar outro anúncio especial.

Eu: Ah, na verdade, Geri, notei que o anúncio deles não tinha o cupom quando estava montando a página, por isso liguei e soube que eles vão querer, por isso coloquei.

Geri Lynn: Bem, é bom saber que alguém *do jornal está prestando atenção.*

Está vendo? Isso é que é desconforto. É mais fácil pegar carona com Steve.

Quando Luke e eu saímos do trabalho no *Register* — é, ele foi inclusive à minha reunião no jornal, depois das aulas. Imagine como deve ter achado interessante! Se bem que Luke e Geri Lynn tiveram uma discussão bem animada sobre o direito das celebridades à privacidade, com Geri insistindo em que os jornalistas representam um papel importante em montar o *status* da celebridade e que qualquer um que, por vontade própria, faça um trabalho aos olhos do público deve esperar que seja atacado por *paparazzi*. E Luke, de modo pouco surpreendente, tinha outra visão das coisas. Luke perguntou:

— Então esse foi um dia típico na sua vida?

— É. Acho que sim.

Era meio estranho pensar... você sabe, na vida da gente segundo a perspectiva de outra pessoa. Especialmente uma pessoa que tinha uma vida tão *diferente* da minha. Quero dizer, minha vida devia parecer realmente, realmente chata para o Luke, comparada com a dele, que tenho certeza de que é cheia de convites para inaugurações de boates, apresentações em programas de entrevistas, estreias de filmes, cenas sem roupa, pintura corporal com chocolate e coisas do tipo.

Mas Luke não disse nada. Quero dizer, sobre como minha vida é chata comparada com a dele. Em vez disso, falou:

— Certo, então.

Certo, então? O que *isso* significava? Qual era a desse cara? Por que eu não conseguia deduzir qual era o barato dele? Quero dizer, é isso que eu *faço*.

Foi bem nesse momento que Steve parou seu Chevette, Trina se inclinou para fora e mandou ver:

— Vão na nossa direção?

Claro que eu ia. Mas por acaso Luke tinha outros planos.

— Desculpe — disse ele. — Vou me encontrar com alguém.

Claro que era totalmente ridículo que o novo aluno fosse "se encontrar com alguém" às cinco horas na frente do mastro da bandeira da Escola Clayton em seu primeiro dia. Mas nem Trina nem Steve pareceram pensar a respeito. Só disseram:

— Certo, tchau. — E depois de eu entrar no carro fomos embora.

Nenhum deles, claro, se virou no banco e olhou para trás. Porque, se tivessem feito isso, teriam visto uma grande limusine preta parar alguns segundos depois de sairmos e Luke cumprimentar em estilo jogador de basquete a pessoa que estava dentro, antes de subir.

Só pude pensar: *Onde ele conseguiu aquela limusine?* Porque não existe empresa de limusines em Clayton. Nossa cidade é pequena demais para isso, já que a única ocasião em que as pessoas precisam de limusine é no Baile da Primavera.

De qualquer modo, foi então que Trina começou a falar do Luke. Ou devo dizer do Lucas. Falou sobre ele durante todo o caminho até em casa, e depois do jantar, quando subi para fazer o dever de casa, mandou um *e-mail* falando dele.

Só conseguia falar Lucas isso e Lucas aquilo. Será que eu achava que Lucas tinha gostado do primeiro dia na Escola Clayton? Será que eu sabia por que os pais dele tinham decidido se mudar tão tarde no ano escolar? Por que ele não tinha permanecido na escola antiga? Só deviam faltar alguns meses para a formatura dele. Será que não sentiria falta de se formar com os velhos amigos? Será que ele gostava de morar perto do lago? Será que tinha namorada na escola antiga? Será que eu achava que era sério?

E o principal, o que eu vinha temendo o dia inteiro:

Será que eu não achava o Lucas incrivelmente parecido com Luke Striker?

Tentei responder às perguntas de Trina do melhor modo possível sem mentir, mas, claro, foi difícil. Puxa, eu *tinha* de mentir para responder a algumas delas. Não estava sendo piada bancar a guia estudantil de um astro de cinema. Você sabe, no duro, o sr. Mitchell deveria estar me *pagando* para deixar Luke me seguir pela escola. Havia muito trabalho naquilo...

E o menor não eram os abusos que eu tivera de aguentar da parte do próprio Luke. Naquela noite, deitada na cama, olhando para meu dossel — quando criança eu era doida por princesas e implorei e implorei por uma cama de princesa, de modo que minha mãe, sendo decoradora, tinha me conseguido a cama mais princesífera do sul de Indiana, e agora eu precisava ficar com aquilo —, pensei no que Luke tinha dito do lado de fora do restaurante, sobre Vera.

Luke não sabia do que estava falando, claro. Quero dizer, ele não fazia ideia do esforço que eu fazia para ser legal com Vera, todas as vezes em que eu tinha ido atrás dela no banheiro, todas as lágrimas em que eu tinha passado o rodo, todos os conselhos que dera (e que ela não havia seguido). Não sabia que eu era a Pergunte à Annie e todas as cartas de Vera a que tinha respondido. Não sabia como a coisa poderia ter sido pior para Vera se eu não estivesse por perto.

E *realmente* não sabia como era ser eu. Francamente, era exaustivo. Com Vera, o negócio do Pergunte à Annie, o negócio de Trina e Steve, o sequestro de Betty Ann e os movimentos de braços nos Trovadores...

É um espanto que eu consiga levantar de manhã, fala sério!

Preciso admitir que realmente não esperava ver Luke no dia seguinte. Quero dizer, depois de todos os problemas que ele tivera para acordar na véspera, a falta de café espresso na escola, o bife Salisbury

— para não mencionar o negócio de Vera —, achei que ele provavelmente já estava cheio. Podia ser dedicado ao trabalho e coisa e
tal, mas quem aceitaria condições assim? Em especial um milionário.

Portanto, quando ele entrou na aula de latim no dia seguinte,
quase engasguei. Luke tinha abandonado a camisa de futebol americano em troca de algo que parecia ter sido feito a partir de um daqueles cobertores mexicanos, aberto no peito para revelar um
daqueles colares de conchas que os surfistas sempre usam. Tinha
abandonado os tênis de corrida, também, em favor de Pumas de
camurça.

Além disso, conseguira arranjar um café espresso... ou pelo
menos um café com leite num copo alto de papel. Parecia mil vezes
mais acordado do que na véspera.

— Oi, Jen — disse ele deslizando na carteira atrás de mim.

Devo admitir que fiquei chocada ao vê-lo. O que o cara estava
fazendo ali? Tinha certeza de que ele não voltaria. Certeza.

Só que voltou. Não havia desaparecido, afinal de contas.

Virei-me e sussurrei, feliz porque o segundo sinal ainda não havia tocado, portanto não havia muita gente na sala.

— O que você está *fazendo* aqui?

Luke piscou por trás dos óculos de aro de metal.

— Como assim? Vou ficar por duas semanas. Eles não contaram?

— Ah, contaram — sussurrei. — Mas eu... eu achei...

— Que eu era do tipo que aprende rápido? — Luke sorriu. O
mesmo sorriso que tinha derretido corações em todo o mundo quando ele o mostrou para a Guinevere de Angelique Tremaine. E, vou
admitir, me provocou um tremor.

Mas não o bastante para não ir dizendo:

— Luke...

— Lucas — corrigiu ele.

— Lucas, então. Você... quero dizer, foi tão óbvio que você odiou tudo aqui! — E então, porque achava necessário, acrescentei: — E me odiou também.

O sorriso desapareceu.

— Que negócio é esse, Jen? Não odiei você.

— Mas a história da Vera...

— Bem, é — disse ele com uma careta. — Aquilo não foi muito agradável. Mas depois que você brigou comigo, fiquei... curioso.

— Curioso? Com o quê? — Depois acrescentei depressa: — E não briguei com você. Só estava...

— Soltando a tensão. Eu sei. Mesmo assim. — Ele destampou o copo e liberou o aroma intenso do café no ar. — Quero ver em que tudo isso vai dar.

Encarei-o como se ele fosse pirado.

— No que isso vai dar? O que está falando?

Mas não descobri, porque nesse momento a campainha soou.

Eu não diria que, depois daquele momento, Luke e eu começamos a nos dar como... bem, como Lancelot e Guinevere ou sei lá o quê. Quero dizer, ele ainda ficava a maior parte do tempo com aquele pequeno franzido na testa... em especial quando não havia nada para o qual valesse a pena franzir a testa. Tipo: quando Courtney Deckard e suas amigas passavam por nós no corredor, todas baixavam o olhar até os pés de Luke, depois percorriam lentamente todo o corpo dele, até encontrarem os olhos. Depois sorriam.

Por que *isso* deveria fazê-lo franzir a testa? É assim que a galera popular se comunica. Todo mundo sabe. Estão verificando a roupa para saber se é suficientemente *fashion*. Isso é *status quo* para a galera popular.

Em outras ocasiões ele parecia achar totalmente hilário coisas que não eram nem um pouco engraçadas. Como durante o ensaio do coral. Luke parecia achar absolutamente divertido, de dar tapas nas pernas, o sr. Hall pegando constantemente no meu pé para "parar de ser preguiçosa" e pegar a cartola de Trina mais rápido durante "All That Jazz".

Ainda que honestamente eu não saiba o que o divertia tanto naquilo. Não é brincadeira tentar ir do topo do tablado para a parte de baixo a tempo de as sopranos dançarem o cancã, ou sei lá o quê. Finalmente decidi que, se eu jogasse a cartola para Trina de cima do tablado, ela poderia pegá-la a tempo de se juntar à fila de chutes com Karen Sue Alters e aquela gente toda.

Não sou a melhor lançadora do mundo, mas Trina é uma excelente goleira, por isso a coisa pareceu dar certo. Pelo menos o sr. Hall parou de gritar comigo e passou a gritar com os barítonos.

Acho que, depois do choque inicial pela barbárie existente numa escola dos tempos modernos, Luke ficou mais afável. Nem mesmo o almoço pareceu incomodá-lo. Ajudou o fato de no segundo dia ele ter trazido seu almoço. Claro, isso quase estragou o disfarce — ou pelo menos foi o que pensei — já que o almoço que ele trouxe tinha sido obviamente mandado de avião de Indianápolis. Quero dizer, não existem restaurantes de *sushi* em Clayton. Nem temos empresa de limusines! Como é que iríamos ter *sushi*?

Mas Luke — bem tranquilamente, pelo que achei — explicou que tinha feito o *sushi* com salmão da peixaria do sr. D.

Preciso admitir que isso quase me fez engasgar com a Diet Coke. Mas ele disse de modo tão casual que até Scott acreditou. De fato os dois começaram um papo sobre atum para *sushi* e congelamento ultra-rápido. Eu não fazia ideia do que estavam falando, mas fiquei satisfeita porque meus amigos se esforçavam para que o novo aluno se sentisse bem-vindo.

Até que me lembrei de que Luke não era "o novo aluno". Era o ex-astro de *Deus nos ajude*, ex-namorado de Angelique Tremaine, um Tarzan de tirar o fôlego em sua tanguinha e um Lancelot heroico e trágico. Acho que era uma comprovação das suas habilidades de ator o fato de que até *eu* comecei a pensar nele como Lucas Smith, aluno transferido. Ele não saiu do personagem de Lucas daquele segundo dia...

A não ser em um momento. E foi logo depois do primeiro tempo de aula, quando ficou sabendo do sequestro de Betty Ann Mulvaney.

— Por que você estuda latim? — perguntou Luke enquanto íamos para o meu armário depois da aula. — Quero dizer, não é uma língua morta? Ninguém mais fala.

— É bom saber — falei, usando a resposta padrão que dou a todo mundo. Porque a verdade é estranha demais para explicar. — Para o teste de aptidão escolar.

— Você não precisa disso — disse Luke com uma espécie de confiança alarmante para alguém que só havia me conhecido há 24 horas. — Você trabalha no jornal da escola. Sabe tudo sobre gramática e outras coisas. Por que, *realmente*, estuda latim?

Talvez porque ele seja mais velho — tem apenas 19 anos, mas é muito mais velho do que a maioria dos caras de 19 anos, considerando que tem sua própria casa em Hollywood e que recebe pagamento de uns dez milhões de dólares a mais do que o meu pai ganha por ano, para não mencionar a tatuagem de compromisso e coisa e tal —, contei a verdade.

— Ouvi dizer que a sra. Mulvaney é uma professora realmente boa — sussurrei para o caso de Courtney Deckard ou alguma de suas amigas estar por perto, ouvindo. — Por isso me inscrevi na matéria.

Luke entendeu ainda melhor do que imaginei.

— Ah, sim — disse ele. — É como na atuação. Se você quiser trabalhar com um diretor bom de verdade, aceita o papel, não importando de que filme se trate. Só que... bem, sem ofensa, mas a sra. M. não parece tão fantástica assim. Quero dizer, ela meio que só parece... estar ali.

— Ah. É. Bem, isso é *agora*. Ela está meio desligada ultimamente, por causa de Betty Ann.

Luke perguntou quem era Betty Ann, e contei. Acho que contei um pouquinho demais — tipo o boato de como a sra. Mulvaney não podia ter filhos e que Betty Ann era seu bebê substituto, de certo modo. A verdade é que eu ainda estava preocupada. Com o que Kurt e aqueles caras iriam fazer com Betty Ann. Porque não achava que nenhum deles tivesse inteligência suficiente para perceber como Betty Ann era importante para a sra. Mulvaney. Quero dizer, para a sra. M., Betty Ann não é só uma boneca, a mascote da escola ou algo assim. Ela é meio, hã... bem... alguém da família.

Mas foi um erro contar ao Luke.

— Sequestraram? — Ele praticamente gritou, bem ali no corredor. — Por quê?

— É uma pegadinha — expliquei. — A pegadinha do último ano.

— Ah, é, muito engraçado. Quando é que vão devolver?

— Bem, acho que depois da formatura.

Eu esperava.

Mas não foi uma resposta suficientemente boa.

— *Depois* da formatura? — Luke estava aparvalhado. — Você sabe quem fez isso? Quem está com ela?

— Bem, sei.

— Então faça com que devolvam. Mande fazerem outra pegadinha. Esta não é engraçada.

Eu concordava com ele, claro, mas o que poderia fazer? Eu era apenas uma aluna do primeiro ano. Não tinha controle sobre Kurt e seus amigos.

Só que Luke não via a coisa desse modo.

— Não é verdade — disse ele. — E você sabe disso, Jen.

Contei ao Luke o que tinha dito ao Kurt naquele dia — o dia em que ele enfiou Betty Ann na mochila. Contei a ele que perguntei ao Kurt o que ele estava fazendo. E que Kurt me mandou relaxar.

Ao ouvir isso, Luke apenas balançou a cabeça. Não disse mais nada a respeito.

Mas notei que ele foi especialmente gentil com a sra. Mulvaney. Luke era gentil com todo mundo — motivo pelo qual praticamente todas as garotas da escola, e não somente Trina, tinham se apaixonado por ele antes mesmo que o fim de semana chegasse —, porém ele foi mais do que gentil com a sra. Mulvaney, trazendo um café com leite grande para ela também, todas as manhãs, segurando a porta aberta para ela e até tentando algumas conjugações.

De fato, se alguma coisa parecia animar a sra. Mulvaney — o anúncio de página inteira no *Register* não bastou para que os sequestradores se apresentassem, e o bilhete de resgate de Kurt, que só dizia *Dê nota máxima a todo o pessoal do último ano, ou Betty Ann se ferra*, não pareceu estar no espírito brincalhão que uma pegadinha do último ano deveria ter — era o Luke. A sra. Mulvaney se enamorou totalmente dele, ao ponto de praticamente só sorrir quando ele entrava na sala.

A sra. Mulvaney, como já contei, não era a única a não ter imunidade aos encantos de Luke. Trina estava se apaixonando mais a cada dia. Foi direto a ele e pediu o número do celular — na frente do coitado do Steve, que pareceu esmagado mas não disse uma palavra — e reclamou amargamente comigo quando ligou e só conseguiu falar com a caixa postal de Luke. Onze vezes.

Mas Trina não parecia suspeitar. No mínimo a própria indisponibilidade de Luke o tornava *mais* atraente.

O mesmo era verdade para Geri Lynn. Ela não se fartava do Luke... em especial no almoço e nas reuniões do *Register*. O que era especialmente estranho, já que tudo que os dois pareciam fazer era discutir. Geri Lynn vivia falando sobre o papel vital dos jornalistas na criação ou destruição da carreira das celebridades, ao passo que Luke não se esforçava para esconder sua opinião de que os jornalistas são uns enxeridos que dão facadas pelas costas e só querem ganhar um troco. As discussões chegaram ao ponto em que Scott mandou os dois fazerem uma coluna de prós e contras, Geri Lynn assumindo a postura pró-*paparazzi* e Luke a contrária.

Tenho de admitir que a coluna de Luke foi surpreendentemente bem-escrita. O que só aprofundou minha confusão sobre ele. Algumas vezes ele parecia totalmente entediado e desinteressado em tudo e em todos da Escola Clayton. Mas em outras ocasiões (como em relação ao negócio de Vera), ele ficava surpreendentemente sério e intenso. Além disso, o cara era inteligente, sem dúvida.

Mas ainda que eu pudesse perdoar Trina pela paixonite por Luke, não conseguia me obrigar a ser tão inabalável com relação a Geri Lynn — que apesar de parecer discutir com ele ininterruptamente, não conseguia afastar os olhos sempre que Luke estava na mesma sala. Quero dizer, não era como se Geri estivesse namorando o Steve, que não é exatamente o maior gato do mundo. Ela namorava Scott Bennett... que, como eu sei, a maioria das pessoas não consideraria algo mais do que um *nerd* de primeira ordem, sendo, você sabe, o editor do jornal escolar e amante de leitura e culinária.

Mas essas pessoas não conhecem o Scott. Nunca discutiram com ele, como eu, sobre os méritos da reedição de *A dança da morte*, de Stephen King, com as partes que tinham sido cortadas postas de volta.

Nunca provaram, como eu, sua sopa de pepinos.

Nunca ouviram junto a uma fogueira de acampamento, como eu, como ele descreveu o doloroso rompimento dos pais; a decisão de ir morar com a mãe; e então, anos mais tarde, a decisão de voltar a Clayton e tentar de novo morar com o pai.

Nunca notaram, como eu, que os olhos de Scott são ainda mais castanhos do que os meus, algumas vezes parecendo verdes e algumas vezes até âmbar, a mesma cor daquela coisa que prendia os mosquitos no *Parque dos Dinossauros*.

Nunca viram as mãos fortes e hábeis de Scott moverem-se sobre um teclado de computador enquanto corrigiam meu texto do *Pergunte à Annie*. Ou levantá-las para que segurassem um tronco antes que uma parede de creme de amendoim despencasse sobre elas.

Nunca ouviram a história da sopa de noz-branca amassada.

Será que valia chutar um cara assim em troca de um mero astro de cinema?

Mesmo que esse astro de cinema estragasse o disfarce e todos no mundo inteiro soubessem de repente que ele não era um aluno transferido, e que o *Entertainment Tonight* e a revista *People* começassem a bater na sua porta?

Mesmo que esse astro de cinema por acaso convidasse você para o Baile da Primavera?

Pergunte à Annie

Faça à Annie suas perguntas de relacionamento pessoal
mais complexas. Ande, tome coragem! Todas as cartas à Annie estão
sujeitas a publicação no *Register* da Escola Clayton.
Os nomes e endereços de *e-mail* dos que enviarem as
correspondências serão mantidos em segredo.

Querida Annie,
Acho que meu namorado está me traindo, mas ele nega.
Como posso saber se está mentindo ou não?
Namorando um Cachorro

Querida Namorando
Se ele estiver traindo, vai exibir pelo menos alguns dos
seguintes comportamentos:

- Está passando cada vez mais noites de sábado "com
a galera".
- Recebe telefonemas no celular enquanto está com você
e não atende, depois de olhar o identificador de cha-
madas.
- De repente começa a se importar com o cabelo e as
roupas.
- Acusa VOCÊ de estar traindo ELE (culpa).
- Faz perguntas estranhas, aparentemente aleatórias,
tipo: "Você acha possível amar duas pessoas ao mesmo tempo?"

- Arranja um novo emprego ou tem de "trabalhar" o tempo todo.
- Mostra um interesse súbito por um tipo de música ou por uma banda de que ele jamais gostou antes.
- Para de mandar tantos e-mails para você como antes, mas parece passar mais tempo conectado.
- Arranja um novo endereço de e-mail.
- Para de tentar transar com você.

Mais importante de tudo, se você suspeita que ele pode estar traindo-a, ele provavelmente está... Confie nos seus instintos. A não ser que seja uma daquelas garotas idiotas e inseguras que sempre acham que o namorado está traindo mesmo quando não está — nesse caso, caia na real.

Annie

A coisa começou, como esse tipo de coisa sempre parece começar, de modo bastante inocente. Estávamos naquela manhã de sábado no lava a jato — o dos Trovadores, para levantar dinheiro para nossos vestidos idiotas para o concurso idiota de corais na semana seguinte.

É meio difícil programar um lava a jato numa primavera em Indiana, porque você nunca sabe o que vai ter, em termos de clima. Quero dizer, depois de 1º de junho é quase garantido tempo quente. Mas você também corre o risco de alguma tempestade ocasional e até mesmo um tornado de vez em quando. Mas geralmente essas coisas esperam até o fim do mês.

Mesmo assim, nunca se sabe se a gente vai acordar num determinado sábado de junho e ter um dia perfeito de primavera — temperatura nos vinte e poucos graus, brisa quente espalhando o cheiro de madressilvas em toda parte, céu claro, folhas verdes farfalhando nas árvores — ou uma coisa cinza e tempestuosa, com temperaturas de pouco mais de quinze graus e seus dedos dos pés congelando nas sandálias que você usou confortavelmente na véspera.

Mas o sábado do lava a jato dos Trovadores foi como o verão. Às dez da manhã fazia 27 graus. Trina ligou dizendo:

— Estou vestindo meu maiô com bermuda. É melhor você usar também.

Obedeci, mas só para tirá-la do meu pé por causa do Luke. Ela vinha me incomodando desde a noite anterior perguntando se eu sabia se ele iria ao lava a jato. A verdade é que eu precisava de um dia longe do Luke. Quero dizer, ele é maneiro e coisa e tal — e, claro, extremamente agradável aos olhos —, mas uma garota só aguenta até certo ponto. Quando Steve e Trina me deixaram em casa na noite de sexta-feira meus nervos estavam em frangalhos. Com o negócio de

a) impedir que as pessoas descubram que Lucas Smith é realmente Luke Striker e não um aluno transferido, afinal de contas,

b) impedir Luke de pensar que todo mundo na Escola Clayton era filho do diabo por causa do negócio de Betty Ann e de Vera Vaca,

c) entregar a cartola de Trina a tempo durante o "All That Jazz", além de aprender a coreografia e

d) não afrouxar todas as minhas outras coisas, como o Pergunte à Annie e impedir Vera de se matar etc.

Eu estava um caco.

Foi um alívio trabalhar de babá naquela noite. Na verdade, adorei brincar montando o mesmo quebra-cabeça sete milhões de vezes seguidas.

Não estava ansiosa pelo lava a jato. Trina e eu geralmente passamos pelo menos parte dos sábados no *shopping*, onde inevitavelmente encontramos pessoas conhecidas, como Geri Lynn e Scott, por exemplo, na livraria Barnes & Noble, onde invariavelmente entramos numa longa conversa sobre o que há de novo no setor de ficção científica. Quero dizer, eu e Scott fazemos isso. Geri Lynn e Trina geralmente vão olhar revistas.

Além disso, puxa, ficar com meus colegas Trovadores não é exatamente uma empolgação. Não me entenda mal, adoro as contraltos. Kim Girafa, Deb Gorducha, Audrey Tímida, Brenda Durona e Liz Entediada são unha e carne comigo. Nós nos ligamos totalmente no meio dos lá-lá-lá em dó.

Mas os outros brinquedos desajustados, como Trina os chamava (mas não, como notei, depois de ter me convencido a me juntar a eles), podem ser bem chatos — em especial as sopranos. Elas cultuam totalmente o sr. Hall e fariam qualquer coisa que ele mandasse... tipo aqueles clones em *Guerra nas estrelas II*.

E os tenores também podem ser meio irritantes. A maioria é de calouros ou caras do ensino fundamental. E você conhece esses garotos. Só sabem fazer piadas com peidos e marias-moles. Mesmo os caras que se inscrevem voluntariamente para participar de um coral.

Mas eu não tinha muita escolha. Graças a Trina.

E só precisava aguentar o fato de ser uma Trovadora durante mais duas semanas, e então acabariam as aulas. Não importava a pressão que Trina fizesse sobre mim: de jeito nenhum faria teste no ano que vem.

De qualquer modo, mesmo havendo um monte de lugares onde eu preferiria ficar que não o lava a jato dos Trovadores (montar quebra-cabeças com crianças de 4 anos me vem à mente), ajudou o fato de que o tempo estava tão bom. Trina e eu realmente iríamos poder pegar um bronze — com a ajuda de filtro solar 30, já que, sendo a típica menina comum, eu mais me queimo do que me bronzeio. De modo que não seria uma perda total.

Pelo menos foi o que pensei na hora.

Como o sr. Hall queria conseguir o máximo de dinheiro possível — algumas garotas não têm 180 dólares para torrar num vestido, nem mesmo num vestido com um raio de lantejoulas descendo pela frente, acho que porque algumas garotas não trabalham tanto de babá quanto eu —, ele tinha pedido ao restaurante mexicano Chi-Chi's, da esquina, logo antes da entrada para o *shopping*, para fazermos o lava a jato no estacionamento deles, e o Chi-Chi's, creio que por motivos de relações comunitárias, concordou.

Assim, quando Steve e Trina apareceram para o turno do meio-dia às duas no lava a jato havia um bocado de ação acontecendo. Além de todos os carros dos amigos e parentes dos membros dos Trovadores — e nós somos trinta, portanto você sabe que é um monte de carros —, havia os carros das pessoas que iam comer no Chi-Chi's, além dos carros das pessoas que não conseguiam pensar em nada melhor para fazer num belo sábado do que ir ao *shopping*.

No total, um monte de carros.

Os negócios iam de vento em popa. Estávamos no estacionamento havia uns dois segundos quando o sr. Hall veio correndo com um balde de água cheia de sabão e uma esponja para cada um de nós, dizendo:

— Vão trabalhar! Conseguimos duzentos dólares só nas últimas duas horas. Mas precisamos de mais dois mil antes de podermos parar.

Não quero falar mal da Escola Clayton nem nada — quero dizer, a não ser pelos ocasionais crimes de preconceito (afinal de contas estamos no sul de Indiana), é um lugar bem legal para se viver.

Mas será que posso dizer que o lava a jato dos Trovadores não estaria ganhando nem metade daquele dinheiro se não fosse por Karen Sue e um punhado de outras sopranos estarem paradas perto da placa do Chi-Chi's usando apenas biquíni?

E, certo, elas estavam segurando placas que diziam APOIEM OS TROVADORES DA ESCOLA CLAYTON, mas duvido tremendamente que era por isso que paravam tantos caras em picapes, que obviamente estavam indo pescar no lago Clayton ou sei lá onde.

É preciso ter grandes... é... pulmões, para ser soprano. Bem, pelo menos se você for dos Trovadores da Escola Clayton. Por isso, você sabe, o sutiã com enchimento que o sr. Hall nos manda usar para "uniformidade de aparência".

De qualquer modo, Trina, Steve e eu pegamos nossas esponjas e baldes e fomos trabalhar. Encontrei minhas colegas contraltos e estávamos nos divertindo um bocado lavando as peruas das pessoas e ocasionalmente jogando espuma de sabão umas nas outras quando de repente, com o canto do olho, vi o velho e surrado Audi de Scott Bennett. Ele e Geri Lynn estavam indo ao *shopping*, nos viram e pararam para se juntar à diversão.

Bem, pelo menos Scott quis se juntar à diversão. Até pescou dez dólares para a gente lavar o carro dele.

Mas Geri Lynn não pareceu muito empolgada com a ideia. Parece que eles iam à Compusave olhar *laptops*. Scott ia ajudar Geri a escolher um para a faculdade.

— A Compusave não vai sair de lá, Ger — disse Scott a Geri Lynn, quando ela não quis parar.

Então, mesmo tendo pago para a gente fazer o serviço, ele pegou uma esponja e começou a ajudar a lavar o carro. De fato, começou a esfregar bem onde eu estava trabalhando, numa das calotas.

Geri, com um mini amarelo e sapatilhas de lona, não estava realmente vestida para ajudar a lavar um carro, por isso foi até onde as sopranos estavam, perto da placa do Chi-Chi's, e começou a conversar com Karen Sue Walter sobre o Baile da Primavera. Geri e Scott iam, claro. Karen Sue ia com um dos tenores. Acho que ela e Geri têm um monte de coisas em comum, já que namoram homens mais novos.

— Olha, terminei *O martelo de Lúcifer* — disse Scott enquanto eu estava tirando lama seca de sua calota.

Tinha esquecido que eu havia emprestado o livro a ele. Ambos temos uma fixação por livros nos quais acontecem desastres gigantescos que ameaçam a destruição da Terra como conhecemos.

— Ah, é? O que achou?

— Um monte de babaquice de direita.

E então partimos com tudo. Trina chegou a dizer:

— Lá vão eles. — E revirou os olhos, porque já tinha ouvido Scott e eu discutindo livros.

E provavelmente esse não é o melhor modo de fazer um cara gostar de você. Quero dizer, falando que a visão dele sobre um livro está totalmente errada. Mas o fato é que com Scott eu não tenho nada a perder, já que ele obviamente não gosta de mim desse jeito, vendo como é grudado ao quadril de Geri Lynn.

Por isso passamos um bom tempo discutindo *O martelo de Lúcifer*, que é um romance de ficção científica sobre um cometa gigante que bate na Terra e destrói áreas enormes, e como as pessoas que sobrevivem precisam decidir quem tem acesso à comida limitada que resta. O livro levanta interessantes questões filosóficas, como quem é mais importante para construir uma nova sociedade: um médico ou um artista? Um advogado ou um prisioneiro? Quem você deixa viver e quem você deixa morrer?

Insisti que *O martelo de Lúcifer* era uma história de sobrevivência, falando sobre o valor do indivíduo. Scott disse que era um comentário político sobre a socioeconomia dos anos 1970. Trina e Steve, que não leram o livro, ficaram de fora e só gemiam sempre que um de nós dizia alguma palavra como *falácia* ou *capcioso*.

Mas discutir com Scott sobre livros é realmente divertido.

Pelo menos até que Scott me olhou e disse:

— Você está jogando mais água em si mesma do que no carro.

E era verdade. Parece que lavar carros exige a mesma quantidade de coordenação motora que dançar. E mesmo sendo capaz de resolver com facilidade as discussões entre as pessoas, coordenação motora não parece ser algo que eu tenha em abundância.

Não sei o que deu em mim. Realmente não sei. Foi como se por um segundo eu fosse tomada pela alma de alguma outra garota, alguma garota paqueradora como Trina ou Geri Lynn. Só sei que um segundo depois disse:

— Ah, é? — E joguei minha esponja em cima do Scott, acertando-o bem no meio do peito. — Bem-vindo ao clube.

A próxima coisa que vi foi Scott me perseguindo pelo estacionamento, ameaçando jogar um balde de água cheia de sabão na minha cabeça, se me pegasse. Todo mundo parou o que estava fazendo, para rir... isso é, todo mundo menos Geri Lynn. Ela veio batendo os pés até nós, parecendo bem irritada.

— Olha só — disse ao Scott. — Você está encharcado!

Scott olhou para si mesmo.

— É só água, Ger.

— Mas não podemos ir ao *shopping* com você assim — disse ela, batendo um dos pés calçados com as sapatilhas. — Está todo molhado!

— Vou secar — disse Scott. Nesse ponto já tínhamos terminado de lavar o carro, por isso ele me entregou o balde d'água. Fiquei meio desapontada por ele não tê-lo derramado na minha cabeça como havia ameaçado. Não pergunte por quê.

— Vai demorar horas! — gritou Geri.

— Ah, qual é, Geri? — falei. — A gente só estava zoando. E, além disso, ninguém na Compusave vai se incomodar.

— Eu me incomodo — disse Geri Lynn, chegando a parecer lacrimosa. — Eu me incomodo. Será que *eu* não conto?

Foi então que eu soube que aquilo não se tratava de uma camiseta molhada. E que era algo que eu não podia consertar. Tinha a ver com as inseguranças de Geri por estar indo para a faculdade, com o fato de Scott ainda ter um ano no ensino médio, e provavelmente, mesmo eu não sabendo com certeza, com aqueles coraçõezinhos na agenda de Geri.

Percebendo isso, girei e fui até onde Trina, Steve e os contraltos estavam, peguei outra esponja e me ocupei do sedã que eles estavam lavando.

— Parece que há problemas no paraíso — cantarolou Trina, olhando por cima do ombro para Geri e Scott, parados na beira do estacionamento junto ao carro dele, falando muito sérios (mas infelizmente de modo inaudível, pelo menos para nós).

— Nunca achei que eles formassem um casal muito bom — disse Liz Entediada. — Geri é carente demais. E que negócio é aquele da Diet Coke sem gás?

— Ei — falei porque me sentia culpada. Sabia que a briga deles não era por minha culpa, exatamente, mas não devia ter jogado aquela esponja nele. Emprestar livros ao namorado de outra garota é uma coisa. Quero dizer, afinal de contas Scott e eu somos amigos. Mas jogar uma esponja molhada nele? Não é tão perdoável. — Geri é legal.

— Ela vai é ficar sozinha — declarou Brenda Durona — se não se cuidar. Não se pode pressionar muito um cara daqueles.

— É — murmurou Trina numa voz que só era audível para mim —, mas se os dois acabarem, ele vai ficar livre e você pode finalmente convidá-lo para sair, Jen, como eu disse no início do ano.

— Trina! — Fiquei chocada. Quero dizer, coitada da Geri! Coitado do Scott!

O sr. Hall, que estava recolhendo todo o dinheiro, veio até nós e bateu palmas.

— Chega de papo! — disse com o cavanhaque todo tremendo. — Trabalhando, pessoal! Trabalhando!

Foi nesse momento que Luke apareceu, aparentemente vindo do nada. Quero dizer, eu não tinha visto sua limusine em lugar nenhum.

— Luke! — Não pude deixar de gritar quando o vi. Depois acrescentei depressa: — Cas. Quero dizer, Lucas.

— Ei — disse Luke, dando um riso meio torto enquanto se aproximava pelo estacionamento. Diferentemente do resto de nós, Luke não usava roupa de banho nem bermuda. Estava totalmente vestido com jeans e camisa de flanela. Parecia meio quente para usar flanela, mas talvez fosse isso que Luke achava que um garoto do ensino médio usaria num lava a jato. — Desculpe o atraso.

— Uau, você veio — gritou Trina, bamboleando até ele. — Que ótimo! Jen não sabia se você poderia vir.

A verdade é que Luke e eu não havíamos falado dos planos para o fim de semana. Eu tinha deduzido que ele ficaria na casa do lago e apareceria na escola na segunda. Nunca me ocorreu que o cara poderia... bem, querer ficar com uma galera do ensino médio. Senti-me um pouco culpada por não ter perguntado se ele queria se juntar a nós.

Mas Luke obviamente não precisava de convite.

— Mudança de planos — disse Luke, ainda rindo tranquilo para Trina. — Além disso, parece que vocês precisam de toda ajuda possível. Tem uma fila de carros indo até o Rax.

Trina correu e pegou um balde e uma esponja para Luke, e logo, bem diante dos meus olhos incrédulos, ele começou a lavar junto conosco, rindo, fazendo piada e, pelo que me pareceu, divertindo-se de verdade. Todo mundo estava. Quero dizer, se divertindo.

Isto é, todo mundo menos Scott e Geri. Continuavam discutindo do outro lado do estacionamento. Eu tentava não olhar e coisa e tal — também tentava não dizer a mim mesma que era tudo minha culpa —, mas foi meio difícil não olhar quando Geri guinchou:

— Ótimo! Se é assim que você se sente, *acabou*! — E começou a ir para o Chi-Chi's. Acho que para entrar no banheiro feminino e dar uma boa chorada.

Scott chamou-a, mas não adiantou. Geri entrou com tudo no restaurante, soluçando quase tão alto quanto Vera depois de mugidos particularmente fortes.

Mas antes que eu tivesse chance de correr atrás de Geri — antes que tivesse chance de dizer ao menos uma palavra de consolo para um Scott visivelmente abalado, antes mesmo que pudesse dar um único passo —, Luke, que aparentemente não tinha visto a briga, disse:

— Cara, está fazendo calor aqui.

E tirou a camisa.

Pergunte à Annie

Faça à Annie suas perguntas de relacionamento pessoal mais complexas. Ande, tome coragem! Todas as cartas à Annie estão sujeitas a publicação no *Register* da Escola Clayton. Os nomes e endereços de *e-mail* dos que enviarem as correspondências serão mantidos em segredo.

Querida Annie,

Estou seriamente apaixonado pela namorada do meu melhor amigo. O que faço?

Anônimo

Caro Anônimo,

Nada, se você quiser preservar a amizade. O único modo de você dar um passo é se seu amigo e a namorada romperem. Então, e só então, você poderá convidá-la para sair... mas só depois que tiver passado um período de luto adequado.

Não fique surpreso se o seu amigo ficar furioso com você de qualquer modo, mesmo que você tenha esperado até eles romperem. Amigos não namoram as namoradas dos amigos... nem as ex.

Annie

Oito

A princípio não pensei nada sobre isso. Você sabe, o Luke tirar a camisa. Metade dos caras no lava a jato tinha tirado a camisa.

E daí se o cara tira a camisa? Grande coisa. Eu tinha coisas muito mais importantes com que me preocupar, como o casal real da Escola Clayton rompendo diante de meus olhos e possivelmente — sei que não apenas, mas em parte — por minha culpa.

Mesmo assim, o som ofegante produzido por Trina me fez girar no momento em que ia correr atrás de Geri.

Não sei por que aquilo me parou. Mas parou. Fiquei exatamente onde estava e girei lentamente.

Olhei para Trina. O olhar dela estava fixo em Luke. E não somente em sua barriga impressionante... nos finos pelos claros que cobriam o peito antes de se esgueirar descendo por aquela barriga tanquinho e desaparecer na cintura da Levi's... nos bíceps impressionantes.

Não que não valesse a pena olhar para tudo isso. Porque valia totalmente.

Não: era a tatuagem no braço de Luke, logo abaixo do ombro direito, que parecia estar prendendo a atenção de Trina.

A tatuagem onde estava escrito *Angelique*.

— Ah, meu De... — começou a dizer Trina. Mas não terminou porque cobri sua boca com a mão.

— Mmm, mmm — disse Trina ansiosa na palma da minha mão. Mas segurei-a num aperto de ferro.

— Cale a boca e venha comigo — sibilei no ouvido dela e comecei a arrastá-la para as portas do Chi-Chi's.

— Mas... mmm — tentou dizer Trina, porém não a soltei.

— Garotas — disse o sr. Hall irritado enquanto passávamos. — Não é hora de brincadeiras. Temos um *monte* de carros para lavar.

— É, eu sei. Já vamos sair, sr. Hall — garanti. — Só temos de ir ao banheiro.

Então puxei Trina até o saguão do Chi-Chi's e a empurrei para o banheiro feminino...

...onde finalmente tirei a mão de sua boca.

— Ah, meu Deus, Jen! — gritou ela. — Aquele é o Luke Striker! O aluno novo é *Luke Striker*!

— Shhh. — Meus olhos estavam demorando um pouco para se ajustar à escuridão do restaurante depois de ficar sob o sol forte por tanto tempo. Mesmo assim, não precisei ver para saber que não estávamos sozinhas no banheiro. Podia ouvir Geri fungando no último cubículo...

Pelo menos até ela ouvir as palavras *Luke Striker*.

— Eu *sabia!* — Geri Lynn saiu num rompante do cubículo como um potro xucro fugindo do curral. — Eu *sabia* que ele parecia familiar! Lucas é Luke Striker?

— Escutem — falei olhando de uma garota para a outra. O rosto de Trina estava vermelho de empolgação e do sol. O de Geri estava inchado de chorar. Mas as duas tinham expressões de interesse ansioso. — Certo. É. Lucas é Luke Striker. Veio aqui pesquisar para um papel. E o próprio dr. Lewis pediu para que eu mantivesse a identidade verdadeira de Luke em segredo, portanto vocês vão ter...

Mas era como falar com duas crianças de 2 anos. Porque em vez de uma conversa racional, Trina e Geri se viraram uma para a outra e começaram a pular, guinchando a plenos pulmões:

— *Luke Striker! Luke Striker! Luke Striker!*

— Ei — disse eu, realmente com medo de que metade das pessoas do restaurante entrasse correndo. — Corta essa! Eu disse: é para ser segredo...

Trina parou de pular por tempo suficiente para dizer:

— Ah, meu Deus, eu *sabia* que era ele. Soube no outro dia, no almoço, quando ele disse que era vegetariano. Porque, você sabe, parei de comer carne quando li na *Teen People* que Luke era vegetariano desde o tempo de *Deus nos ajude.*

— *Eu* soube que ele era o Luke Striker — disse Geri — na reunião do *Register* de ontem à noite. Sabe, Jen, quando ele começou a falar sobre o direito de privacidade das celebridades? Juro que quando ele disse isso eu estava pensando: "Sabe, ele é igualzinho ao Lancelot de *Lancelot e Guinevere,* será que ele é Luke Striker?"

— Ei, vocês! — gritei na minha voz mais maligna, a que só uso quando estou trabalhando de babá e as crianças começam a jogar *ketchup* umas nas outras ou algo assim.

Mas deu certo. Trina e Geri pararam de falar e me olharam.

— Escutem — falei em voz baixa, calma. — A verdadeira identidade de Luke deve ser segredo. Ninguém deveria saber a verdade, certo? É assim que o Luke quer. Ele está aqui pesquisando um personagem. E não pode pesquisar um personagem se as pessoas não agirem normalmente ao redor. E se souberem que ele é realmente Luke Striker, ninguém vai agir normalmente, vai?

Trina e Geri trocaram olhares.

— Respeito isso totalmente — disse Trina. — Luke tem um respeito tão profundo pelo trabalho que, como colega artista, eu jamais poderia fazer algo para interferir com seus objetivos criativos. Não direi uma palavra a ninguém.

Para não ser suplantada, Geri fez o sinal das bandeirantes com os dedos.

— Levarei o segredo para o túmulo.

Pela primeira vez desde que Luke havia tirado a camisa — não, desde que Geri tinha começado a gritar com Scott — me senti relaxando um pouquinho.

— Certo. Bom. Então concordamos. Nenhuma de vocês vai dizer uma palavra a ninguém que o Luke é realmente...

— Ah, meu Deus — disse Trina dando um tapa na própria testa. — *Por* que eu disse ao Steve que iria com ele ao Baile da Primavera quando poderia ter ido com *Luke Striker*?

— Nem sonhando — disse Geri. — Ele vai *me* levar.

Não acreditei no que estava escutando.

114

— Vocês duas ouviram ao menos uma palavra do que eu disse?

— É, claro — respondeu Trina. — Juro guardar segredo, e coisa e tal. Mas ainda posso sonhar com ele, não posso?

— Bem, eu não tenho mais quem me leve ao baile — disse Geri, abrindo a bolsa e tirando o batom. — Então meus sonhos estão para se realizar. Vou lá convidá-lo agora.

Olhei para Geri, horrorizada.

— Convidar quem? Luke? Para o Baile da Primavera? Mas... mas eu achei que você ia com o Scott!

— Não vou mais — disse Geri, habilmente aplicando uma camada de brilho.

Não acreditei no que estava escutando. Quero dizer, tinha suspeitado, mas ouvi-la falando assim...

— Você e Scott acabaram? De verdade? Agora mesmo?

— Exato. — Aparentemente satisfeita com o que viu no espelho, Geri guardou o batom de volta na bolsa e se virou para mim. — E *não* tente me convencer a aceitá-lo de volta, Jen. Sei que você achava a gente um casal fantástico, mas a verdade é que a coisa está melhor assim para nós dois. Vou para a UCLA no fim do verão, e ele ainda tem outro ano aqui na Clayton, e... é mais fácil desse jeito.

Pelo modo como ela firmou o maxilar deu para ver que Geri falava sério.

Mesmo assim, apesar de ela ter avisado, senti que *precisava* dizer alguma coisa.

— Mas vocês já brigaram antes e sempre deram um jeito. Talvez você devesse dar um tempo até amanhã. Você pode mudar de ideia se tiver oportunidade de pensar.

— Desta vez, não. — Geri Lynn enfiou a mão de volta na bolsa e pegou a agenda. *A agenda*. A que ela havia me mostrado, com todos aqueles corações. Abriu-a e, pegando uma caneta, pôs um grande *X* na data de hoje.

Não pude deixar de notar que o número de corações nas páginas de mês inteiro tinham diminuído drasticamente nas últimas seis ou sete semanas. Ou Geri havia deixado de marcar seus momentos mais íntimos, ou ela e Scott não tinham nenhum havia algum tempo...

A próxima declaração esclareceu o mistério.

— Não — disse Geri —, isso já vinha acontecendo, Jenny. Há algum tempo eu sentia que Scott e eu estávamos nos afastando. Não temos os mesmos interesses... os mesmos objetivos. Dá para acreditar que ele nem *quer* ir ao Baile da Primavera? Queria ir a uma festa Antibaile da Primavera que Kwang vai dar...

Eu sabia tudo sobre a festa Antibaile da Primavera do Kwang. Estava planejando ir.

— Então você vai simplesmente *convidá-lo*? — perguntou Trina. Podemos ter certeza que Trina iria ignorar completamente o fato de que o coração de Geri, para não falar o de Scott, poderia muito bem estar partido. Ela só queria saber quais eram os planos de Geri para Luke Striker. — Quero dizer, o Luke? Você vai simplesmente andar até ele e pedir para levá-la ao Baile da Primavera?

— É melhor acreditar — disse Geri jogando os ombros para trás. — Saia do caminho.

— Espere um minuto — disse Trina. — Convidar Luke Striker ao Baile da Primavera foi *minha* ideia. Eu pensei primeiro!

— Mas você já tem acompanhante, não tem? — lembrou Geri com doçura.

— Não por muito tempo — declarou Trina e partiu para a porta do banheiro.

— ESPERA! — Geri praticamente quebrou o pescoço correndo atrás dela.

Não pude acreditar no que via. Quero dizer, ali estavam duas pessoas que basicamente sempre considerei jovens maduras — duas pessoas cujo intelecto aguçado e cuja independência sempre invejei e respeitei — e estavam praticamente pulando no pescoço uma da outra. Por causa de um GAROTO, imagina só!

— Vocês aí — gritei correndo atrás delas pelo saguão do Chi-Chi's e saindo no estacionamento. — Lembrem-se, vocês prometeram não...

Mas não pude lembrar a Trina e Geri para não contarem a ninguém sobre a identidade de Luke. Porque quando as alcancei elas estavam nas bordas de uma multidão gigantesca reunida em volta de Luke e do sedã que ele estivera lavando.

Só que agora Luke estava no teto do carro, gritando freneticamente num celular enquanto tentava se livrar das mãos de uns 77 Trovadores, garçonetes do Chi-Chi's, donas de casa a caminho do *shopping* e até mesmo alguns caras das caminhonetes, todos gritando:

— *Luke! Luke! LUKE!*

— Ah, meu Deus, vocês duas — gritei para Trina e Geri enquanto via Luke lutando para evitar as mãos ao redor. — O que vocês *fizeram*?

— Não fomos nós — disse Geri, dando de ombros. — Saímos e isso já estava aí.

— Acho que não sou a única pessoa em Clayton que sabe sobre a tatuagem de Luke Striker — disse Trina, mal-humorada.

Geri bateu o pé.

— Como é que vou convidá-lo ao Baile da Primavera *agora*? Nem posso chegar perto dele!

Como se esse fosse o pior problema do mundo! O coitado do Luke estava para ter os membros arrancados, e tudo que suas fãs mais ardorosas podiam pensar era em como iriam convidá-lo para o *Baile da Primavera*?

Olhei para Luke. Ele não parecia com medo nem nada — mas *eu* estaria, em seu lugar. Ele havia desligado o celular e tentava falar racionalmente com a horda de mulheres que gritavam ao redor.

— Escutem. Todas podem ganhar autógrafos. Verdade. Só que uma de cada vez, certo?

Ninguém escutava. Garotas empurravam canetas e cardápios do Chi-Chi's de todos os lados. As sopranos eram as piores. Karen Sue Walters queria que Luke assinasse o seu peito, acho que porque não conseguiu arranjar papel.

Mas as contraltos não estavam se comportando melhor. Até vi Liz Entediada — só que não parecia mais tão entediada — subir no capô do carro e envolver as pernas de Luke com os braços. Ele quase perdeu o equilíbrio e caiu, mas Liz pareceu não se importar. Estava soluçando nas pernas da calça dele, gritando:

— Luke! Ah, Luke! Eu te amo!

Era patético. Devo admitir que fiquei morta de vergonha pelas criaturas do meu sexo.

118

Mas as garotas não eram as únicas. Até uns caras agiam como idiotas completos. Vi um cara com boné de beisebol do John Deere dizer ao amigo:

— Vou conseguir um autógrafo e vender no eBay!

E o sr. Hall? O sr. Hall, um professor que deveria saber das coisas? Era o pior de todos! Estava gritando para Luke:

— Sr. Striker, sr. Striker, será que eu poderia lhe dar um roteiro de cinema em que venho trabalhando? É uma comédia dramática sobre um rapaz que chega à vida adulta enquanto trabalha no corpo de baile de um grande musical da Broadway. Acho que o senhor seria perfeito para o papel!

Só umas duas pessoas no estacionamento se mantinham afastadas, pelo que pude ver. Uma delas era Scott. Estava encostado em seu carro, só olhando, um pilar de sanidade num mar de pirados completos.

Corri até ele. Tinha esquecido completamente a coisa da Geri Lynn. Só podia pensar que, se alguém não fizesse algo — e logo —, Luke seria partido ao meio, como Mel Gibson em *Coração Valente*, só que pelos fãs, e não pelos ingleses.

— Você acha que deveríamos chamar a polícia? — perguntei preocupada ao Scott. — Quero dizer, não quero chamar a polícia para reprimir meus colegas, mas...

Porém a única alternativa que eu podia ver era tentar ajudar Luke pessoalmente — só que não via como. Quero dizer, a multidão ao redor do carro tinha pelo menos a profundidade de umas dez pessoas. De jeito nenhum eu conseguiria chegar a ele.

— Não se preocupe — respondeu Scott. — Isso já foi feito.

Pisquei para ele.

— Já... você chamou a polícia?

Ele ergueu o celular. Ao mesmo tempo que Scott piscava para mim, pude ouvir a distância o uivo de uma sirene da polícia.

— Ah, obrigada — falei sentindo uma gigantesca onda de alívio.

— Então imagino que ele não esteja realmente matriculado — disse Scott, pondo o celular de volta no bolso.

— O quê? — Eu estava olhando uma garçonete do Chi-Chi's saltar para o autógrafo que Luke tinha acabado de lhe dar. — Ah, não. Ele só está pesquisando para um personagem.

— Lewis e o resto do pessoal sabem?

— Sabem. A ideia foi deles.

Scott balançou a cabeça.

— Eles provavelmente vão se recusar a fazer comentários. Uma pena. Mesmo assim é uma matéria fantástica.

O fato de que Scott pudesse pensar no *Register* numa hora assim me fez achar que ele não estava preocupado demais com Luke.

Nem chateado por causa do negócio com Geri.

— Scott, eu...

Sinto muito por causa de você e Geri Lynn. Era o que eu ia dizer.

Só que, nesse momento, três coisas diferentes aconteceram. A primeira foi uma radiopatrulha do condado de Duane parando no estacionamento com a sirene no último volume. A segunda foi uma limusine comprida e preta — acho que a mesma que pegava Luke na escola todo dia — aparecendo de trás do restaurante, quase como se estivesse ali o tempo todo.

E a terceira foi que Geri Lynn veio correndo até nós, com os olhos brilhando.

— Dá para acreditar? — disse ela. — Quero me matar, ninguém trouxe máquina fotográfica! Algo finalmente acontece nesta cidade caipira e não temos como fazer um registro!

Eu não sabia se ela havia conseguido convidar Luke ao Baile da Primavera ou não. Acho que não, já que a multidão ao redor dele estava bem densa. Um monte de gente havia recuado ao ver a radiopatrulha e outras mais se afastavam enquanto o policial, que era um cara realmente grande, entrou cheio de confiança no meio da confusão. Mesmo assim, Luke não havia descido de cima do carro.

— Se ao menos o Kwang estivesse aqui! — disse Geri, lamentando. — Ele tem uma daquelas câmeras digitais no celular!

O policial tinha aberto caminho pela turba e chegado ao carro. Disse algo a Luke, que sorriu agradecido, depois desceu do teto do carro enquanto o policial segurava as fãs realmente doidas, as que não desistiam. Lamento dizer que várias sopranos, dentre elas Trina, estavam no grupo.

— Certo, pessoal — disse o policial enquanto a limusine parava diante de Luke e ele mergulhava rapidamente dentro dela. — O espetáculo acabou. Vamos circulando...

Porque, claro, todos os carros na rua do *shopping* haviam diminuído a velocidade para ver as coisas estranhas que aconteciam no lava a jato dos Trovadores.

Trina veio correndo até nós. Estava vermelha e perturbada.

— Viu aquilo? — perguntou, cheia de indignação. — Ele só entrou naquela limusine, sem falar nada com ninguém! Eu nem consegui o autógrafo! Depois de apoiá-lo todos esses anos...

— Tremendo apoio — falei. — Vocês estavam praticamente mutilando o cara!

— Não era eu! — respondeu Trina. — Era Karen Sue Walters. Você não viu, pedindo para ele assinar no peito? É uma boa a mãe dela não estar aqui...

Notei que, atrás de nós, Scott e Geri tinham começado o que parecia outra conversa bastante séria. Peguei Trina pelo braço e a arrastei meio para longe, para que os dois tivessem alguma privacidade. Bom, pelo menos uma privacidade relativa.

— Escuta, se eu escrever uma carta para o Luke, você entrega a ele? — perguntou Trina. — Quero dizer, vocês dois devem ser bem ligados, se ele contou a você o segredo e tudo.

— Trina — falei, balançando a cabeça. A limusine começara a se afastar. O que era bom, porque várias garotas tinham corrido até ela e estavam se grudando nas janelas de vidro fumê, tentando dar uma última olhada no herói. — Eu mal o conheço. Quero dizer, ele só veio aqui observar...

Foi nesse momento que o teto solar da limusine se abriu e a cabeça e os ombros de Luke apareceram. As garotas em volta gritaram e saltaram para ele, como se quisessem arrancar punhados de cabelo. O que, você sabe, é sempre um bom modo de cair nas graças de um cara. Não.

Achei que Luke iria dar alguns gritos de despedida para a população de Clayton, Indiana. Achei que ele diria: *Até logo, seus babacas!* Ou *Obrigado por nada, imbecis!*

Mas não foi isso que ele vez. Olhou o estacionamento ao redor, como se tivesse esquecido alguma coisa. Depois me viu e gritou:

— Jen!

Todas as cabeças se viraram na minha direção.

— JEN! — gritou Luke de novo. E dessa vez acompanhou o grito com um gesto do braço. — VEM CÁ!

Senti que estava ficando vermelha como a placa do Chi-Chi's.

Luke queria que eu entrasse na limusine com ele. Luke Striker queria que eu fosse com ele em direção ao pôr do sol — bem, não exatamente, já que era apenas uma e meia da tarde. — Em sua limusine.

— Ah, meu Deus — ouvi Trina ofegar ao meu lado. — Certo. Ele mal conhece você. Por isso está gritando seu nome. Você, Jen. Ele quer *você*.

Balancei a cabeça.

— Não. Não, não é isso...

Porque não era. As palavras dele, o tom acusador, os olhos azuis chamejantes naquele dia do lado de fora do banheiro feminino ficariam para sempre gravados na minha mente. Não, não era nem um pouco assim.

— *JENNY!* — Agora Luke estava começando a parecer frenético.

Mas como eu poderia ir? Como poderia ir, com todas aquelas garotas apinhadas em volta da limusine, lançando mau-olhado para mim? E com mais carros da polícia vindo pela rua do *shopping* (os policiais obviamente haviam pedido reforços)?

— Pelo amor de Deus — disse Trina. — *VÁ!*

Então ela me empurrou com força nas costas. Eu provavelmente teria caído se não fosse o policial que me pegou pelo braço, me pôs de pé outra vez e perguntou:

— Você é Jenny?

Confirmei com a cabeça rapidamente, e a próxima coisa que soube foi que o policial — ainda segurando meu braço — tinha me guiado pela multidão que gritava, rodeando a limusine de Luke, depois aberto a porta do banco de trás e me jogado dentro...

E batido a porta atrás de mim.

Luke se esgueirou descendo do teto solar e apertou o botão para fechá-lo.

— Anda! — gritou ao motorista. — Anda, anda, anda!

E fomos.

Pergunte à Annie

Faça à Annie suas perguntas de relacionamento pessoal mais complexas. Ande, tome coragem! Todas as cartas à Annie estão sujeitas a publicação no *Register* da Escola Clayton. Os nomes e endereços de *e-mail* dos que enviarem as correspondências serão mantidos em segredo.

Querida Annie,

Tem um garoto de quem gosto. Vou chamá-lo de Chuck. Bom, Chuck diz que gosta de mim também. Mas o negócio é o seguinte: o Chuck nunca liga para mim. Eu ligo para ele umas cinco vezes por dia, escrevo recadinhos pelo menos outras cinco, mando uns dez torpedos, e uns dez e-mails também. Mas Chuck NUNCA liga, não manda torpedos nem e-mails. Além disso, a mãe dele está começando a parecer meio furiosa quando atende ao telefone. Mas como é que vou manter contato com ele se ele não me liga? Por favor, ajude.

　　Gosto do Chuck

Querida Gosto,

O motivo para o Chuck não ligar, escrever recadinhos, mandar torpedos nem e-mails é porque VOCÊ NUNCA DÁ CHANCE! Pela descrição acima, parece que você está sufocando o cara. Lembra aquele ditado que diz "Se você gosta de uma pessoa, deixe-a livre"? Pois é, todo ditado tem um fundo de verdade. Deixe o Chuck em paz e ele vai voltar. Fica fria e o cara vai ligar. Se não ligar, bem, talvez Chuck esteja tentando lhe dizer alguma coisa.

Annie

Nove

Quando o policial gentil me colocou na limusine com Luke Striker eu não soube o que fazer — quanto mais o que pensar. Quero dizer... aquilo era um encontro? Será que Luke Striker estava a fim de mim, ou algo do tipo? Vou admitir que isso parecia muito, muito improvável, mas, você sabe, coisas mais estranhas já aconteceram no mundo.

Só que, por tudo que eu tinha lido, Luke ainda estava com dor de cotovelo por causa da traição de Angelique. Como é que ele podia mudar de marcha assim, trocando uma estrela de cinema totalmente linda por... bem, Jenny Greenley?

E será que não via que eu não gostava dele? Pelo menos não desse modo?

Aparentemente não. Aparentemente não porque se inclinou à frente e disse:

— Vamos para o lago, certo, Pete? E despiste o comboio, se puder.

Olhei para trás e vi que alguns motoristas mais intrépidos que tinham parado diante do Chi-Chi's para ver aquela empolgação estavam na nossa cola. Acho que é assim que dizem. Pelo menos nos filmes.

Ainda que isso fosse meio empolgante — em especial quando Pete começou a atravessar sinais vermelhos para despistá-los —, mesmo assim não me distraiu do problema à frente.

Ou seja: o queridinho da América, Luke Striker, estava me levando — a mim, Jane Greenley — para sua casa.

— Hã... — falei. Porque senti que precisava falar alguma coisa. — Você provavelmente não deveria ter tirado a camisa.

Certo, é a coisa mais idiota, eu sei, mas o que mais iria dizer?

Luke só balançou a cabeça. Nem estava me olhando. Olhava o campo que passava a toda velocidade. Íamos a caminho do lago, que fica a uns 16 quilômetros da cidade. Tínhamos conseguido despistar os seguidores. Pete era bom motorista. Imaginei como a polícia do condado de Duane estaria lidando com a multidão lá no Chi-Chi's... se teria havido um quebra-quebra ou algo do tipo. Se houve, Scott provavelmente estava em seu elemento. Ele adora qualquer tipo de anarquia.

Geri, por outro lado, provavelmente se sentia simplesmente furiosa por estar usando os sapatos errados. Ou por não ter trazido máquina fotográfica.

— Vou tirar essa coisa — disse Luke, amargo.

A princípio eu não soube do que ele estava falando. Depois percebi. A tatuagem.

— Deve ter sido realmente um horror — falei do meu lado da limusine. Eu nunca tinha estado numa limusine. Será que posso falar, e sei que vai parecer idiota, que elas são realmente grandes? Quero dizer, há um espaço comprido entre o banco de trás e o da frente. E nesse espaço, pelo menos na limusine do Luke, havia uma espécie de console com frigobar e TV. Era bem maneiro. Quero dizer, se você for o tipo de pessoa que gosta de assistir à TV no carro. — Bom — continuei —, deve ter sido um horror quando ela... quero dizer, Angelique, você sabe, casou com aquele cara.

— Não quero falar nisso — respondeu Luke ainda olhando pela janela. Agora dava para ver o lago entre as árvores. O lago Clayton é artificial, mas mesmo assim é bem bonito. Já passei um tempo nele, numa casa flutuante alugada. Nunca entrei na água, porque tenho medo de trombar num cadáver ou algo assim. Mas é bem bonito de se olhar.

Dava para entender que Luke não quisesse falar sobre Angelique. Ei, se eu estivesse namorando alguém e de repente ele se casasse com outra, provavelmente também não quereria falar sobre isso. Portanto, mudei de assunto.

— Desculpe pelas minhas amigas, lá. Não sei o que deu nelas. Nunca vi nenhuma delas agir assim antes.

Então Luke me olhou, e foi como se visse pela primeira vez que eu estava no carro. Então fez a coisa mais estranha.

Sorriu.

— Ah, aquilo — disse ele balançando a cabeça. — Não se preocupe. Acontece o tempo todo. Algo acontece quando as pessoas veem uma celebridade. É como... não sei. Elas não percebem que nós somos humanos, como elas, ou sei lá o quê.

Imaginei se era isso. Seria por esse motivo que todo mundo queria agarrar o Luke? Para se certificar de que ele era realmente humano?

Ou seria só para poder dizer ao pessoal da escola, na segunda-feira, que tinha tocado no Luke Striker?

— Mas não você — disse Luke, me espantando um pouco. — Você não é assim. Algumas pessoas são... diferentes. Ah, fantástico — disse ele quando a limusine parou. — Chegamos.

Saímos diante de uma casa moderna, com telhado estilo Cape Cod, para parecer mais com a Nova Inglaterra. Eu tinha ido um monte de vezes ao condomínio do lago, porque meu pai projetou as casas e minha mãe as decorou. Meus pais tinham ido fundo no tema náutico do lugar. Havia caibros pintados de branco, conchas e pinturas de gaivotas em toda parte, ainda que nenhuma gaivota jamais tenha sido vista no lago Clayton. É um grande lago, mas o condado de Duane fica bem no interior.

— Quer um refrigerante? — perguntou Luke, indo à grande e chique geladeira Sub-Zero.

— Ah... — O ar-condicionado estava ligado. Fazia uns dez graus abaixo de zero, sei lá. E eu só estava usando meu maiô molhado e uma bermuda. Precisei manter os braços cruzados por causa daquela... você sabe, aquela coisa dos mamilos.

Por algum motivo, só conseguia pensar no que Luke tinha dito no carro. Hã... na limusine.

Que eu sou diferente. Mas apenas falei:

— Claro, aceito um refrigerante.

— Aí vai. — Luke me entregou um refrigerante. Tive de descruzar um dos braços para pegá-lo. Não estou dizendo que Luke tenha notado nada que acontecia ali em cima, mas ele disse: — Vamos para o deque.

E, para meu alívio, um segundo depois ele estava abrindo a enorme porta de vidro deslizante que dava no deque virado para o lago, e estávamos de volta ao sol quente.

A vista da casa era inacreditável. Meu pai tinha feito um bom trabalho ao posicionar o deque. O lago azul cristalino, rodeado pelas árvores densas de folhas, estendia-se diante de nós. Havia alguns veleiros na água que parecia de vidro. O sol batia forte como se fosse o meio do verão, e não a primavera, e pássaros cantavam em todo lugar. Era calmo, tranquilo e maneiro.

Uma pena que dali a uma hora o lugar estaria lotado de *paparazzi*. Pelo menos quando corresse a notícia de que era ali que Luke Striker estava hospedado enquanto lambia as feridas por ter sido abandonado por Angelique Tremaine.

Luke subiu no parapeito do deque e tirou a tampa de uma cerveja que eu não o tinha visto pegar na geladeira. Não me senti insultada por ele não ter me oferecido uma — sou muito obviamente o tipo de garota a quem ninguém oferece uma cerveja —, mas fiquei meio que imaginando como ele havia conseguido. Luke não tem 21 anos, e em Indiana eles adoram pegar pesado com essa de exigir carteira.

Então me lembrei. Ele é um astro de cinema. Provavelmente pode conseguir quanta cerveja quiser, sempre que quiser.

— Aqui é bem legal, hein? — disse Luke depois de tomar um longo gole.

Tomei um gole de refrigerante. Estava gostoso e cheio de gás. Exatamente como eu gostava.

— É.

Diferente, dissera ele. *Você, não. Você é diferente.* Isso estava me deixando meio maluca, o fato de ele ter me pedido para vir à sua casa. Quero dizer, ele obviamente não queria *aquilo* de mim. Poderia ter tido *aquilo* com Trina (lamento dizer) ou com qualquer outra garota que estava no estacionamento do Chi-Chi's. Por que teria ME convidado para vir à sua casa, se estivesse atrás de sexo?

— Nunca frequentei escola de ensino médio — disse Luke de súbito, aparentemente para o lago, já que na certa não estava olhando para mim. — Tinha professores particulares. Todos nós tínhamos, as crianças de *Deus nos ajude*. De modo que, a não ser nos filmes, na TV e coisa assim, nunca vi como era uma escola de ensino médio de verdade. Achava que todos aqueles filmes do John Hughes só eram, você sabe, inventados. Ou talvez um pouco exagerados. Não fazia ideia... não fazia ideia... de como é realmente.

Luke tomou um gole de cerveja, depois baixou a garrafa e me olhou.

— Mas não é — disse ele. — A escola, na vida real, não se parece nem um pouco com aqueles filmes. Na vida real é dez milhões de vezes pior.

Só olhei para ele. O que poderia dizer? *Dāh?* Ia parecer meio grosseiro.

— A garotada da sua escola — continuou Luke descendo do parapeito e começando a andar por toda a extensão do deque — está entre as pessoas mais grossas, de boca suja e sem consideração que já conheci. Elas têm... você sabe o que é empatia?

— Hã... ter compaixão pelos outros?

— Exato. Houve um consultor em *Deus nos ajude* que era um reverendo de verdade, você sabe, que ajudava com os roteiros e coisa e tal. De qualquer modo, para ele a empatia era uma coisa importantíssima. Ter empatia pelos outros. Foi a primeira coisa que notei na Escola Clayton. Não há muita gente ali capaz de ter empatia pelo sentimento dos outros... Eles torturam implacavelmente os fracos e idolatram os valentões.

Nesse ponto me senti obrigada a intervir:

— Não é verdade — falei, já que eu não idolatro nem nunca idolatrei Kurt Schraeder. — Nem todo mundo...

— Ah, não, nem todo mundo. — Luke foi rápido em concordar. — Não, há um grande contingente de pessoas que simplesmente ficam sentadas olhando seus amigos ser humilhados. Essas pessoas são ainda piores do que os valentões. Porque poderiam fazer algo para impedir, mas sentem medo demais, porque não querem ser as próximas.

Balancei a cabeça. Puxa, de jeito nenhum considero a Escola Clayton uma sociedade utópica nem nada. Mas não somos *tão* ruins.

— Isso é totalmente inverídico — falei. — Você mesmo viu que fui atrás da Vera...

— Ah, claro. Você foi *atrás* dela. Enxugou as lágrimas. Mas não fez nada para impedi-los de fazer mal a ela.

— O que eu deveria fazer? — O nó, que tinha desaparecido do meu estômago havia alguns dias, voltou com tudo. Não pude acreditar. Ele tinha me convidado para poder atacar meu caráter? Que negócio era esse? Eu não tinha vindo exatamente esperando confissões de devoção imortal, beijos doces nem nada, mas isso era injusto. — Você queria que eu enfrentasse a escola inteira? Luke, *ninguém* gosta de Vera...

— Não. Ninguém gosta de Vera. E não posso dizer que eu os culpo. Escutei você falando com ela no banheiro. Escutei o que você disse. Foi um bom conselho, provavelmente o melhor que ela vai receber na vida, e ela dispensou completamente. Mas nunca lhe ocorreu, Jen, que, ainda que ninguém goste de Vera, também é verdade que todo mundo gosta de você?

Balancei a cabeça.

— Isso não é...

— Não venha com essa. É verdade, e você sabe. Cite uma pessoa que não goste de você. Só uma.

Não precisei pensar muito. Suspeito fortemente que o sr. Hall não goste de mim. Porque ainda não sei a coreografia para o concurso.

E o Kurt? Kurt Schraeder não gosta muito de mim, também. Bom, ele provavelmente nem pensa em mim. Mas isso não significa que, quando pense, seja favorável.

— Besteira — disse Luke quando dei esses dois nomes como exemplo.

— Certo — concordei, frustrada. — Certo, digamos que todo mundo goste de mim. Não é verdade, mas digamos que seja. E daí?

— *E daí?* — Luke parou de andar e só me encarou, incrédulo. — *E daí?* Você não vê, Jen? Você está numa posição incrível. Pode provocar uma verdadeira mudança social naquele lugar, e é como se nem percebesse.

Provocar uma verdadeira mudança social? O que ele estava falando?

Então saquei. O que Luke queria. Por que ele tinha me chamado a sua casa. Era tão óbvio que até um imbecil poderia ter visto, mas não eu. Ah, não. Não eu.

Luke estava numa campanha. Você sabe, do tipo que as celebridades fazem o tempo todo. Como Ed Begley Jr. e seus carros elétricos, Pamela Anderson com o PETA e Kim Basinger com aqueles *beagles*.

Luke estava numa campanha de celebridade para promover a empatia na Escola Clayton e queria que eu participasse.

Afundei num dos bancos de tábuas que seguiam por todo o deque e falei, cansada:

— Ah, meu irmão.

— Não venha com *ah, meu irmão* para cima de mim, Jen. Você sabe que estou certo. Andei observando você nos últimos quatro dias, e o fato é que é a única pessoa naquela escola fedorenta que se importa, que se importa realmente, com as pessoas. Não somente consigo mesma... na verdade aposto que a pessoa em quem você *menos* pensa é em si mesma. E é fantástico você se importar, Jen. É realmente digno de nota. E não estou dizendo que você não fez com que uma tonelada de coisas ficassem melhores. Mas, como alguém totalmente de fora que esteve olhando o que acontece naquela escola, estou dizendo que você poderia fazer mais.

Não dava para aguentar. Não dava mesmo.

— O que você quer dizer com *mais*? — uivei. — Eu faço tanto que fico exausta no fim do dia. Você acha que é tão fácil ser eu? Sabe, não é. É muito, muito difícil.

— Como assim? — perguntou Luke, sentando-se no banco ao meu lado.

— Você sabe. — Não dava para acreditar que eu ia contar a Luke Striker, logo ao Luke Striker, o gato enigmático, a única pessoa que eu não consegui decifrar. E agora ele conhecia meu segredo mais vergonhoso. Não era justo. — *Eu sou a maionese* — sussurrei. Então, quando ele pareceu confuso, falei em voz mais normal: — Sou o que impede o sanduíche de desmontar, sacou? É o meu trabalho. É o que eu faço. Eu amacio as coisas.

— É — disse Luke, finalmente compreendendo. Até pareceu empolgado. — É, é mesmo. É exatamente isso que você faz.

Não entendi por que ele tinha de ficar tão empolgado. Mas acho que, para ele, estava tudo bem. *Eu* é que tinha o problema.

— Mas, Luke, é só *isso* que sou. O que você está me dizendo... o que você acha que eu deveria fazer... não posso. Não posso mesmo.

Mas Luke não iria ceder. Era como o gato de Trina, o sr. Momo, quando pega um *hamster*. Não solta. Pelo menos até comer a cabeça dele.

— Mas é isso que você *quer* ser, Jen? — perguntou Luke ansioso. — O que você quer?

Querer? O que eu *queria*? Será que ele era doido?

Decidi que sim. Decidi que eu devia ter sido sequestrada — e atualmente estava como refém — por um sujeito maluco. Na verdade, fazia sentido. Que outro motivo eu teria para algum dia ter conseguido decifrá-lo direito? Porque ele era totalmente pirado.

Espere até a revista *People* ficar sabendo.

— Sério, Jen — disse o maluco. — O que você quer?

Havia toneladas de coisas que eu queria. Queria Betty Ann de volta à mesa da sra. Mulvaney, que era o lugar dela. Queria que as pessoas parassem de mugir sempre que Vera Schlosburg passasse. Queria sair do coral — ou pelo menos queria que o sr. Hall parasse de gritar comigo sobre aquela cartola idiota e minhas mãos de *jazz*.

— A verdade, Jen — continuou Luke quando eu não disse nada —, é que não acredito que você seja a maionese. Pelo modo como brigou comigo do lado de fora do banheiro feminino...

Encolhi-me, não querendo lembrar aquele momento horrível. Mas Luke não iria deixar de lado.

— ...eu soube que havia mais em você do que a Jenny Greenley boazinha, a melhor amiga de todo mundo. Acho que você é mais do que maionese, Jen. Muito mais. — Ele havia tirado os óculos (não precisava mais deles, já que todo mundo sabia de sua verdadeira identidade) e pude ver que seus olhos tinham um azul tão profundo quanto o do lago abaixo de nós. — A verdade — disse ele — é que eu acho você o molho especial.

Pergunte à Annie

Faça à Annie suas perguntas de relacionamento pessoal mais complexas. Ande, tome coragem! Todas as cartas à Annie estão sujeitas a publicação no *Register* da Escola Clayton.
Os nomes e endereços de *e-mail* dos que enviarem as correspondências serão mantidos em segredo.

Querida Annie,

Acabei de ser convidado a uma festa onde sei que vão servir bebida alcoólica. Não bebo porque não gosto, e também não gosto de ficar com gente bêbada. Mas não quero que meus amigos me achem um careta. O que eu deveria fazer?

Alan Abstêmio

Caro Alan,

Faça outros planos. Diga aos amigos que não pode ir. E pare de se importar tanto com o que eles pensam. Se eles não respeitam sua vontade, não são realmente seus amigos, não é?

Annie

Sei o que você está pensando. Está pensando: então Luke Striker disse que você é o molho especial. Afinal de contas, ele é maluco. E não parece que esteja a fim de beijar você nem nada.

E é verdade que Luke Striker não quer me beijar. Ou, pelo menos, se quer, não andou exatamente dando sinais disso.

E, na verdade, se quisesse, será que eu ficaria muito empolgada? Não. Porque, diferentemente de muitas garotas da minha faixa etária — pelo menos que vivem na minha cidade —, não estou apaixonada por Luke Striker.

Não queria que ele me beijasse.

Mas estava começando a pensar que talvez ele não fosse tão maluco, afinal de contas.

Luke me mandou para casa sozinha. Acho que estava exausto de tanto sermão. Você sabe, falando que desperdiço meu potencial e que grandes pessoas têm grandes responsabilidades e onde nós estaríamos se Churchill tivesse dado as costas ao seu povo durante a Segunda Guerra Mundial?

Não causou uma sensação grande *demais* quando uma enorme limusine preta chegou ronronando à rua onde moro, nem nada. Quero dizer, todo mundo no bairro parou o que estava fazendo — cortando grama, cuidando do jardim, trazendo compras — e olhou quando a limusine parou diante da minha casa e saltei da parte de trás. Meus irmãos saíram a toda velocidade de casa, completamente alucinados, querendo saber onde eu estivera. Minha mãe, que acabara de chegar de um trabalho de decoração, parou no meio do quintal, a boca ligeiramente aberta, olhando o comprido carro preto ir embora depois de eu ter saído.

Mas foi Trina quem me alcançou mais rápido. Devia estar esperando minha volta na janela de seu quarto, porque disparou pela porta, com o cabelo escuro e comprido voando como uma capa.

— Ahmeudeusahmeudeusahmeudeus — gritou ela, agarrando minhas mãos e me fazendo girar pelo gramado. — Não acredito que você passou uma tarde inteira com *LUKE STRIKER*!!!!!!!

Assim que meus irmãos ouviram isso, tudo estava acabado. Acho que o que tinha acontecido perto do *shopping* ainda não havia chegado ao ensino fundamental, já que parecia ser novidade para eles, mas assim que ouviram toda a história... É, expliquei. Conheço Luke Striker — a não ser por alguma chateação da parte do meu irmão Rick reclamando que eu não tivesse conseguido o número do agente de Luke para ele — esse parecia ser o alcance do interesse. Quero dizer, afinal de contas eles são homens.

Minha mãe, depois de ter ouvido a história (deixei de fora a parte em que Luke só havia me levado a sua casa para poder fazer um sermão sobre como eu estava desperdiçando meu potencial; na verdade tinha sido um pouco como passar o dia com um orientador educacional. Você sabe, se eu tivesse um orientador com olhos azuis como o lago Clayton e um sorriso fulminante), falou: "Bem, isso não é engraçado", depois entrou, provavelmente para ligar para todo mundo que conhecia e relatar a história. *Você não vai acreditar no que aconteceu com Jenny hoje!!*

Assim que minha mãe e meus irmãos saíram, Trina me puxou para a varanda da frente e me fez sentar no balanço que meu pai instalou ali e minha mãe tinha decorado com almofadas cheias de — você não imagina? — corações costurados.

— Tá legal — disse Trina. — Agora comece do princípio. O que *exatamente* você e Luke conversaram?

Eu não iria contar a verdade. Quero dizer, para começar, Trina simplesmente não entenderia. Ela entende coisas como a coreografia do sr. Hall — para ela esse tipo de coisa não é problema. E obviamente entende o negócio da maionese — foi quem me chamou disso, para começar.

Mas quando se trata de coisas como... Ah, não sei, tipo um gato astro de cinema dizendo que não estou me comportando de um modo que daria orgulho a Churchill? — não é uma coisa que poderia entrar na cabeça de uma garota como Trina. Se Luke tivesse tentado me dar um beijo de língua? Sem problema. Sei que poderia contar a Trina.

Mas dizer que ele fez um sermão sobre minha responsabilidade como ser humano para causar mudança social na Escola Clayton? É, não tanto.

— Ah — falei enquanto balançávamos. — Você sabe. Coisas. Acho que ele está realmente magoado, você sabe. Com o papo da Angelique.

Eu não sabia disso, de jeito nenhum — Luke não tinha mencionado o nome dela, além de dizer que queria tirar a tatuagem. Mas pareceu bom.

— Ele veio aqui para se afastar disso, acho — continuei. — Foi um mico total o modo como todo mundo agiu lá no estacionamento.

— Nem fale — disse Trina com os olhos se arregalando. — Não pude acreditar! Você viu como Liz Entediada agarrou as pernas dele? Quem sabia que ela era uma vagaba tão grande?

Achei melhor não mencionar o fato de que Trina talvez só tivesse agido um tiquinho melhor.

— Ele falou de mim? — perguntou ela.

— Ah. Na verdade, não.

— E Geri? Ele falou da Geri? Porque ela passou o número de telefone para ele. E está achando que ele vai ligar.

— Ah — respondi desconfortável. — Não. Ela e Scott ainda estão rompidos? Porque quando eu saí eles pareciam... conversando.

— Ah, por favor! Aqueles dois já eram, totalmente. Fiquei surpresa em ver como duraram. Geri é muito mandona! Acho que o Scott só ficou com Geri para não magoar os sentimentos dela, sabe? Quero dizer, já que ela vai para a faculdade daqui a uns meses. Ele é legal.

É, é sim.

— De modo que vou acabar de vez com o Steve depois do filme desta noite — continuou Trina. — Pensei em cancelar antes do filme, mas realmente quero assistir e estou totalmente dura. Acha que é maldade demais? Mas, puxa, é minha culpa se ele insiste em pagar?

Ah, sim. Senti pena do coitado do Steve, cujo único crime era gostar de uma garota que não gostava dele.

Mas não falei nada, porque isso só iria enfurecer Trina.

Então me lembrei do que Luke e eu tínhamos conversado. Como eu sempre amaciava as coisas em vez de impedir que elas acontecessem. Será que eu não dizer nada a Trina sobre ela usar Steve para ganhar cinema de graça não era exatamente o que Luke tinha falado? Era injustiça... era destratar o Steve completamente.

E eu estava ali parada, deixando acontecer. Porque sou a boazinha Jenny Greenley, a melhor amiga de todo mundo.

Eu sabia como ia acontecer, claro. Trina chutaria Steve e eu passaria toda a viagem de ônibus até o concurso de corais consolando o pobre coitado.

Bem, desta vez, não. Não sei — talvez aquela coisa toda que o Luke tinha dito, que eu era especial e sei lá o que mais, tenha me subido à cabeça.

Ou talvez eu só tenha decidido criar brios, para variar.

Qualquer que fosse o motivo, decidi tentar. A teoria de Luke sobre eu causar mudanças sociais. Naquele momento. Se Luke estivesse errado, bem, não era uma grande perda. Mas se estivesse certo...

Se ele estivesse certo as coisas iriam começar a mudar por aqui.

E já estava na hora.

— Por que você vai acabar com o Steve? — perguntei.

Ela piscou para mim.

— *Dãh*. Para eu poder ir ao Baile da Primavera com o Luke, tolinha.

— O que faz você pensar que o Luke iria ao Baile da Primavera com você?

Trina ficou preocupada.

— Por quê? Você acha que Geri já convidou? Ele aceitou?

— O que faz você pensar — perguntei, levantando-me do balanço e começando a andar pela varanda como Luke tinha andado pelo deque — que Luke iria ao Baile da Primavera com alguém desta cidade, depois do que fizemos com ele hoje? Como você sabe que ele não está voltando direto para Los Angeles?

Trina franziu a testa.

— Jen? Você está legal?

— Sabe de uma coisa? Não, não estou. — Porque estou cheia de ser a Jenny Greenley boazinha, a melhor amiga de todo mundo. Quero ser legal com as pessoas. É, é verdade.

Mas também quero que as pessoas sejam legais de volta. Não somente comigo, mas *umas com as outras*, para variar.

— Não acho legal — falei. — O modo como você trata o Steve, Trina. É errado.

— O Steve? — Trina riu. — Achei que a gente estava falando do Luke. O que há de errado com você, Jen?

— Vou dizer o que há de errado comigo — respondi, sentindo-me exatamente como quando estava perto do banheiro feminino com o Luke, com o estômago enjoado mas mesmo assim mergulhando de cabeça. Porque precisava fazer isso. Precisava fazer. — Já vi por tempo demais você tratando o Steve como lixo. Ele tem sentimentos, você sabe. Ele é um ser humano, e por acaso está apaixonado por você, e é desarrazoado o modo como você se aproveita disso para ir ao cinema de graça e comer baldes de pipoca.

— Desarrazoado? — ecoou Trina. — O que isso significa? O que *há* com você? Nós estamos falando do *Steve*, lembra?

— Ele também tem sentimentos, você sabe. Se não gosta dele, e não acredito que você goste, porque se gostasse não romperia com ele uma semana antes do Baile da Primavera para convidar outro, deixe isso claro. Não é justo ficar dando esperança. Você só está usando o cara, e não é justo.

Trina riu. Sério. É minha primeira tentativa de provocar mudança social — e riem de mim. E não tinha sido fácil. Meu coração estava batendo bem depressa, as palmas das mãos estavam suando de modo desagradável, e meu estômago doía realmente.

Mas eu *tinha* de dizer. Verdade, depois de tudo que o Luke havia falado, que escolha eu tinha?

— Quem morreu e transformou você em babá do Steve McKnight? Ele é um cara crescido, Jen. Acho que pode cuidar de si mesmo.

— Não com relação a você — contra-ataquei. — Porque com relação a você ele tem um ponto fraco, e você está se aproveitando disso. E isso vai parar depois de hoje, porque ou você decide que ele é o cara certo ou conta a verdade. Porque, se não contar... eu conto!

— O que há de errado com você? — perguntou Trina, levantando-se. O balanço chacoalhou atrás dela. — O que é, está com ciúme ou algo assim? Meu Deus, mamãe me alertou que isso ia acontecer um dia. Mamãe disse que um dia você ia sentir ciúme do fato de que eu sempre tenho com quem sair, e você não. Ela falava: "Não jogue na cara da Jen, Catrina." Mas eu respondia: "Jen não é assim, mamãe. Ela fica feliz por mim. Não se importa porque eu tenho namorado e ela não." Mas acho que mamãe estava certa, hein, Jen?

Porque é disso que se trata, não é? O fato de que eu tenho com quem ir ao Baile da Primavera e você não.

— Ah, eu tenho com quem ir ao baile — garanti.

— Ah, certo — disse Trina gargalhando. E não foi uma gargalhada muito legal. — Quem?

— Luke Striker.

Trina se encolheu como se tivesse levado um soco.

— *O QUÊ?*

E o apavorante é que era verdade. Eu nem estava mentindo. *Tinha* com quem ir ao Baile da Primavera. E era o Luke Striker.

E ninguém poderia ter ficado mais pasma do que eu pelo modo como a coisa tinha acontecido. Foi do modo mais estranho. Nós dois estávamos sentados no deque, exaustos pela conversa interminável, acho. Luke tinha entrado e pegado outra cerveja para ele e um refrigerante para mim. Estávamos sentados havia alguns minutos num silêncio bem amigável quando o telefone dentro da casa começou a tocar. Um segundo depois, houve uma batida na porta.

— Bem — disse Luke, tomando um gole de cerveja. — Acho que a festa acabou.

— Nossa! — falei meio chocada ao ver como tinham conseguido encontrá-lo depressa. — Isso é meio assustador.

— Na verdade, não. Estou acostumado. Eu me sinto mal por você.

— *Por mim?* Por que está preocupado comigo?

— Porque eles virão atrás de você também, quando a história toda for conhecida. Você também vai ter Nancy O'Dell e Pat O'Brien batendo na sua porta.

— Argh. Vou ficar bem.

Então ele me olhou, longa e intensamente. Depois disse:

— Sabe de uma coisa? Acho que vai. Escute, eu me sinto mal convidando você e depois não fazendo nada além de brigar.

— Tudo bem. Acho que sei qual é a sua. E é uma coisa que eu vou tentar. Não faço nenhuma promessa, mas... vou tentar.

— Fico feliz em saber. — Dentro da casa o telefone tocou e tocou. As batidas ficaram mais fortes. — Mas mesmo assim não está certo. Deixe-me compensar por isso. Já sei. Deixe-me levar você ao Baile da Primavera.

Quase cuspi meu refrigerante inteiro nele. Consegui engolir, mas claro que desceu pelo cano errado. A próxima coisa que notei foi refrigerante saindo pelo nariz e lágrimas descendo pelo rosto porque o refrigerante ardia demais. Estava começando a entender por que Geri Lynn gostava de refrigerante sem gás. Assim, se fosse para o nariz, provavelmente não doeria tanto.

— Ei, você está legal? — Luke estava me dando tapinhas nas costas, pensando que eu tinha engasgado. — Olha, aqui tem um guardanapo.

Enxuguei o refrigerante e as lágrimas com o guardanapo, depois ri.

— Ah, meu Deus — falei. — Desculpe. Achei que você tinha dito... você sabe, achei que você tinha me convidado para o Baile da Primavera.

— E convidei.

Meu coração deu um salto mortal. E não foi dos bons, mas do tipo *Epa, acho que vou ser atropelada por aquele ônibus.*

Porque, verdade, a última coisa de que eu precisava era ir ao Baile da Primavera com um arrasa-corações de adolescentes. Já tenho problemas demais sem ter de lutar com um monte de garotas só para compartilhar um copo de ponche com o cara que me acompanha.

— Antes de recusar, ouça — disse Luke, como se estivesse lendo minha mente. — Para começar, não vai ser como hoje. Aquilo lá foi ruim mesmo, admito. Mas é porque as pessoas não esperavam. Se formos ao Baile da Primavera juntos, será diferente. É, pode haver uns fotógrafos e coisa e tal, mas todo mundo vai saber que estou com você, por isso não vão... você sabe. Se jogar em cima de mim. Pelo menos não tanto.

Só pude ficar olhando para ele. Realmente achei que a cerveja devia ter subido à sua cabeça ou algo assim. Ou talvez houvesse uma câmera escondida em algum lugar, e era um daqueles programas de pegadinhas. E num segundo o apresentador iria surgir e dizer que eu tinha caído direitinho...

— O negócio, como eu disse — continuou Luke —, é que nunca estudei numa escola de ensino médio. Por isso nunca fui a um baile estudantil. E quero ver como é. Admito, há uma cena de baile estudantil no projeto em que vou trabalhar, mas não é por isso que quero ir. Quero ir por mim, verdade. Para não sentir falta de nada.

— Não sentir falta de nada? — balancei a cabeça. — Luke, você já foi, hã... à África. Foi à Europa o quê, mil vezes? Sentou perto do Clint Eastwood no Oscar do ano passado. Vi você lá, não negue. Como pode *sentir falta* de alguma coisa?

— Fácil. Sinto falta de tudo que as pessoas normais fazem, Jen. Nem posso ir à mercearia comprar leite sem que peçam autógrafo. É tão errado assim eu querer experimentar uma coisa que todo adolescente americano tem, menos eu?

NEM todo adolescente americano foi ao Baile da Primavera. Quero dizer, olhe para mim, por exemplo.

Mas não queria jogar água fria nele. Pelo menos não assim. O que eu realmente queria era cair na real quanto ao que mais me incomodava...

— Mas por que EU? Quero dizer, você poderia ir ao Baile da Primavera com qualquer uma. Trina é muito mais bonita do que eu, e ela quer ir com você...

— É. Mas Trina não é minha amiga, é?

Fiquei me remexendo no banco, desconfortável.

— Bem. Não.

— E Trina não gosta de mim como amiga, como você gosta.

Então entendi. Sabia por que Luke estava me convidando. E sabia *o que* ele iria me pedir, também.

E meu coração se inchou de pena dele. Sei, é ridículo — *eu*, sentindo pena de um milionário, um astro de cinema adorado por mulheres de todo o mundo, e que tinha sua própria Ferrari.

Mas havia uma coisa que nem o dinheiro nem a beleza podiam comprar para Luke Striker. Amizade. Amizade genuína, de alguém que não queria usá-lo para ficar rica ou famosa, de alguém que gostava dele pelo que ele era, e não pelos personagens que ele representava na tela. Ele só queria ser tratado como uma pessoa normal.

E, verdade, se você pensar bem, o que há de mais normal do que o Baile da Primavera?

Ele havia insistido para eu não ser mais a pequenina Jenny Greenley, amiga de todo mundo. Tinha dito que eu possuía potencialidade para ser algo especial.

Mas parecia que eu teria de realizar um último ato da bondade de Jen Greenley.

E teria de fazer para ele. Mesmo que ele não percebesse que era por isso que eu estava fazendo.

— Claro — falei com gentileza. — Claro, vou ao Baile da Primavera com você, Luke.

Ele pareceu empolgado — genuinamente empolgado — com a ideia. De ir ao Baile da Primavera. *Comigo.*

Coitado.

— Legal! — disse ele, saltando do banco. — Olha, provavelmente vou voltar a Los Angeles depois disso... — Estava falando sobre o telefone tocando e as batidas constantes na porta. — Mas volto na semana que vem para levar você. Quero dizer, ao baile. Bem, na verdade, se você quiser ir comigo, já que a escola é sua e coisa e tal, mas...

— Vou ficar ansiosa — falei, rindo de seu entusiasmo. Fez com que eu me lembrasse de quando Jake, seu personagem em *Deus nos ajude,* aprendeu uma lição valiosa sobre ajudar os sem-teto, passando o Natal distribuindo sopa, depois voltou para casa e encontrou uma *mountain bike* que um membro rico da igreja de seu pai tinha comprado para ele como recompensa.

Porque, sabe, se você ajudar os sem-teto é claro que alguém vai lhe comprar uma *mountain bike*. Não.

Então os repórteres — porque eram eles que estavam batendo à porta, por acaso. Alguém evidentemente tinha ouvido sobre o tumulto perto do *shopping* pelo rastreador do rádio da polícia e ligado para os jornais sensacionalistas — vieram até os fundos da casa, gritando o nome de Luke e tirando nossa foto, parados ali no deque.

Foi então que entramos, rindo, e finalmente Luke me mandou para casa garantindo que voltaria na noite do sábado seguinte para me pegar às sete horas.

Uma garantia em que Trina, parada na minha varanda da frente uma hora depois, claramente não acreditava.

— De jeito nenhum — disse ela. — De jeito nenhum. Não há *como* você ir ao Baile da Primavera com Luke Striker. De jeito *nenhum*.

— Ótimo. Não acredite. Mas quanto ao Steve, Trina. O que vai ser? Porque estou cansada de limpar a bagunça toda vez que você chuta o cara.

O rosto de Trina, que num segundo estava totalmente normal — bem, trespassado de fúria, mas afora isso normal —, desmoronou no outro. Sério. Ela simplesmente irrompeu em lágrimas.

— Como v... você pôde? — uivou ela. — Como pôde concordar em ir ao Baile da Primavera com ele, quando sabe... quando sabe o que sinto por ele?

— Trina. Você mal o conhece. Você não está apaixonada por *ele*. Está apaixonada por Lancelot. Ou Tarzan. Ou, pior, pelo garoto que ele fez em *Deus nos ajude*.

Trina pôs as duas mãos no rosto e, soluçando mais alto do que Vera Schlosburg jamais havia soluçado, correu da minha varanda para a dela. Quando chegou, escancarou a porta da frente e entrou correndo, gritando semi-histérica:

— Mamãe!

Um segundo depois, minha mãe saiu à varanda e perguntou cheia de preocupação:

— Que gritos foram aqueles? Era a Trina?

— Era — respondi arrasada.

— Que diabo você disse a ela?

— A verdade.

Pergunte à Annie

Faça à Annie suas perguntas de relacionamento pessoal mais complexas. Ande, tome coragem! Todas as cartas à Annie estão sujeitas a publicação no *Register* da Escola Clayton.
Os nomes e endereços de *e-mail* dos que enviarem as correspondências serão mantidos em segredo.

Querida Annie,

Tem uma garota na escola que vive competindo comigo. Tipo sempre que a gente pega o resultado das provas ela quer saber quanto eu tirei e, se tiver tirado nota melhor, age como se isso fosse o máximo. Sempre quer saber que temas escolhi para minhas pesquisas, e quando digo ela escolhe os mesmos temas! Depois sempre quer saber quem se saiu melhor. É realmente um saco. Como posso fazer com que ela pare?

Fazendo O Próprio Trabalho

Querida Fazendo,

Fácil. Pare de dizer a ela as notas que você tirou. E também pare de contar quais são os temas dos seus trabalhos. Ela não pode fazer o jogo se não tiver com quem jogar, pode?

Annie

Onze

Aquele cara de cabelo branco, aquele que pintava quadros com latas de sopa Campbell, sabe? É, aquele. Ele dizia que todo mundo tem quinze minutos de fama.

Bem, estava errado. Porque eu consegui muito mais do que meros quinze minutos naquela semana depois do lava a jato.

A rede de TV E! dedicou mais de quinze minutos à história somente naquele primeiro dia. E você deveria ter visto as manchetes dos tabloides:

Cidade pequena recebe grande astro
Garanhão disfarçado!
Luke vai ao interior
Destruindo corações na escola
Astro arrasa na aula!

E não parava mais. De repente, Clayton, Indiana — que você nem consegue encontrar na maioria dos mapas —, estava na berlinda.

Jornalistas baixavam em nossa cidadezinha como aqueles macacos alados em *O mágico de Oz*. Parecia que não era possível virar uma esquina sem trombar em Lynda Lopez ou Claudia Cohen.

E quando correu a notícia de que Luke e eu íamos juntos ao Baile da Primavera — e correu bem depressa —, vi Trina na TV Style dizendo a uma repórter: "É, Jen é minha melhor amiga. Ela vai ao Baile da Primavera com ele" — os pedidos de entrevistas chegaram tão depressa que meu pai finalmente tirou o telefone do gancho.

Porque, você sabe, eu não podia *dar* aquelas entrevistas. Puxa, o Luke era meu amigo.

A gente não vai à TV falar dos amigos.

Ah, claro, quando alguém enfiava um microfone na minha frente no momento em que eu saía do ônibus da escola de manhã, ou algo assim, e perguntava: "Jenny Greenley, é difícil manter em segredo a verdadeira identidade de Luke Striker?" Eu respondia, só para ser educada. Dizia: "Não."

Ou "Jenny Greenley, pode dizer o que vai usar no baile?" Eu respondia: "Ah, você sabe, um vestido." (Um vestido que minha mãe pegou para mim no L.S. Ayres, porque eu não podia ir ao *shopping* por medo de ser atacada por adolescentes fanáticas.) Porque, se por acaso você for ao Baile da Primavera com Luke Striker, isso meio que a torna uma celebridade também.

E quando fui encurralada por uma repórter da *Teen People* que me perguntou: "Qual é a verdade sobre o relacionamento entre você e Luke Striker? Vocês estão apaixonados?", eu disse: "Sabe de uma coisa? Nós somos apenas bons amigos."

Porque era verdade.

Mas é isso aí. Eu não ia me sentar para bater um papo profundo sobre Luke com *Regis e Kelly* (mesmo que, você sabe, eles tenham pedido, mas imagine só: eu iria pegar um avião até Nova York?)

A parte mais engraçada disso tudo era o pessoal da escola. Eles não tinham os mesmos escrúpulos que eu com relação a falar sobre Luke aos repórteres. Você deveria ter visto Karen Sue Walters na Fox falando sobre como Luke tinha dado dicas a ela para o solo de "Day by Day". Pois é, Karen Sue. Por acaso sei que Luke deve ter dito umas duas palavras a ela, e as palavras foram: "Bela música."

Mas ela estava falando como se ele fosse seu professor de voz ou algo assim, e como se isso representasse seu ingresso para o estrelato.

Até o sr. Hall entrou nessa. Aproveitava toda entrevista que aparecia e sempre terminava dizendo: "E os Trovadores estarão se apresentando no Concurso de Corais Bispo Luers, não esqueçam, Bispo Luers, nesta sexta-feira. Tentem ir lá!"

Pois é, sr. H. Tenho certeza de que todos os Estados Unidos querem ver os Trovadores gorjeando "As Long as He Needs Me" (I'll Klingon Steadfastly).

Mesmo assim a coisa amadureceu bem depressa, a coisa dos repórteres. Tanto que no terceiro dia eu havia superado. Também havia superado a raiva de Trina contra mim. Ela ficava toda tipo "Ah, Jen é minha melhor amiga" para as câmeras, mas ao vivo me dava gelo total. Aparentemente não podia me perdoar por

a) ter lhe dado uma bronca por causa do Steve, e

b) concordar em ir ao Baile da Primavera com Luke.

Havia outra coisa pela qual ela não podia me perdoar, mesmo não sendo minha culpa. Na verdade, não tive absolutamente nada a ver. É que o Steve — o bom, velho e confiável Steve — tinha se cansado de ouvir Trina gemendo por Luke Striker...

...e deu o pontapé nela.

É. Deu o pontapé em Trina. E me contou no almoço (tinha começado a comer conosco enquanto Trina ficava na sala do coral) que não se arrependia nem um pouco. Iria à festa Antibaile da Primavera do Kwang e não poderia estar mais feliz por finalmente ter sua liberdade.

Mas Geri Lynn não parecia tão feliz com sua decisão de mandar sua alma gêmea para o espaço. Não que estivesse infeliz por ter rompido com Scott. Estava era infeliz porque Scott não se sentia mais perturbado com isso. A cada vez que eu a via ela começava a me fazer perguntas sobre o Scott. Será que eu achava que ele já gostava de outra? Porque ela estava com a sensação de que ele gostava de outra, e por isso não tinha protestado quando ela lhe deu o fora. Será que isso não significava que ele gostava de outra? Será que ele tinha me dito alguma coisa a respeito? Não que ela se importasse, mas...

A verdade era que, antes daquele dia na casa do Luke, eu poderia ter embromado Geri. Poderia ter ficado toda tipo *Ah, não, Geri Lynn, ele não me disse nada. Mas tenho certeza que ainda está sofrendo por causa do rompimento. Se você sente tanta falta dele, por que não telefona e o convida para ir à sua casa? Vocês dois eram fantásticos juntos, deveriam voltar.*

De jeito nenhum. Agora apenas falei:

— Sabe de uma coisa, Geri? Você rompeu com ele. Acabou. Vá em frente.

Os olhos de Geri ficaram enormes e ela pareceu que ia chorar, por isso tive de me desculpar depois (mesmo não tendo dito que achava que eles deveriam voltar a ficar juntos).

Mas ela não tentou mais falar comigo sobre isso. O que foi um tremendo alívio.

Mas foi o negócio com Vera que fez todo mundo falar de mim. Quero dizer, a princípio era só Trina. Você sabe, reclamando com todo mundo que quisesse ouvir que, desde que Luke Striker havia me convidado para o Baile da Primavera, eu tinha "mudado".

E depois do que disse a Geri sobre ir em frente, *ela* também começou: *O que há de errado com a Jen? Ela está agindo tão* estranho...

Ninguém dizia na minha cara, mas eu sabia que isso estava acontecendo. Vozes silenciavam quando eu entrava no banheiro feminino, sinal claro de que o tema da conversa era eu.

E à mesa do almoço as pessoas se afastavam do assunto que mais pesava na mente de todo mundo: Luke Striker.

A única pessoa na escola que me tratava normalmente — bem, além do sr. Hall, que continuava gritando por causa das minhas mãos de *jazz* — era Scott. Ele continuou sendo o mesmo velho Scott, assumindo o controle quando não gostava do que eu estava fazendo no projeto gráfico do jornal, me ajudando a escolher quais cartas do Pergunte à Annie deveriam ser publicadas, zombando de qualquer livro que eu lhe tivesse emprestado recentemente, oferecendo bocados de seu *tortelini* feito em casa com molho aos quatro queijos...

Scott ainda era apenas... Scott.

Até meus pais estavam me tratando de modo diferente. Não sei se porque sabiam que eu tinha sido convidada para um baile estudantil — a primeira vez que isso acontecia — ou se por causa de *quem* tinha me convidado. De qualquer modo, de repente começaram a me tratar como se estivesse mais perto da idade deles do que da de Cal ou Rick. Por exemplo, meu pai perguntou quando eu queria ir ao Departamento de Trânsito pegar a carteira provisória de aprendiz, assunto que nunca havia puxado, por medo — sempre tive certeza — de que tivesse de entrar num carro comigo atrás do volante.

Enquanto isso minha mãe me surpreendeu dizendo um dia de manhã, por cima dos seus flocos de milho, como se eu fosse amiga dela, e não filha:

— Gostaria que você convidasse Vera Schlosburg para ir ao cinema ou alguma outra coisa, Jenny. Ontem a mãe dela me disse na academia que Vera anda com o astral muito baixo. Até pediu aos pais para conseguirem uma transferência para a academia militar feminina em Culver, no outono que vem.

Academia militar! *Vera?* Fiquei chocada. Quero dizer, eu não a culpava por querer estudar em algum local onde as pessoas não mugiriam para ela.

Mas uma escola *militar?* A Escola Clayton é ruim, mas não tanto quanto uma academia *militar.*

Ou seria?

Eu só tinha certeza que, se fosse, não continuaria assim por muito tempo.

Sabia que não tinha tempo a perder, por isso não adiei. Fui até Vera no almoço, no mesmo dia em que minha mãe falou o negócio de Culver, e perguntei:

— Vera, o que você vai fazer depois das aulas?

Vera estava mordiscando uma folha de alface, fingindo que só iria comer aquilo no almoço. Eu sabia, claro, que seu armário estava atulhado de bolinhos Ana Maria e que ela começaria a engoli-los assim que achasse que ninguém estava olhando. Eu já havia passado e visto aquilo.

Ela me olhou e disse:

— *Eu?* — depois olhou para trás, como se para garantir que eu estava falando com ela, e não com outra pessoa. — Ah. Nada. Por quê?

— Porque preciso falar uma coisa com você. Posso ir à sua casa?

Ela ficou tão chocada quanto eu havia me sentido quando minha mãe largou a bomba sobre a academia militar. Uma onda de culpa me varreu quando percebi que eu era provavelmente a primeira pessoa — em todos os tempos — a perguntar se podia ir à casa dela.

— *Você* quer ir à minha casa? — Agora Vera parecia cheia de suspeitas, como se achasse que eu poderia estar armando alguma para cima dela. — Para quê?

— Eu já disse. Preciso falar uma coisa. Que ônibus você pega?

— O 35. Sai da escola às três e dez. Mas...

— Vejo você às três e dez — falei. E me virei para voltar à minha mesa.

— Espere um minuto. — O rosto de Vera estava lentamente ficando vermelho. Acho que porque começava a perceber quantas pessoas tinham observado nossa conversa. Afinal de contas, eu vou ao Baile da Primavera com Luke Striker. Pode-se dizer que atraio uma certa atenção dos colegas aonde quer que vá. — Você tem certeza... tem certeza que não é nenhum tipo de engano?

— Tenho — falei. E fui andando.

Eu tinha de faltar à reunião do *Register* depois da aula para encaixar Vera na minha agenda, mas achei que o jornal poderia ficar sem mim por um dia. Vera, eu tinha certeza, precisava mais.

Assim que cheguei à casa dela, vi que o trabalho ia ser mais fácil do que imaginava. Porque, por acaso, Vera morava numa casa totalmente normal — não era um *trailer*, com pais destilando bebida falsificada, como corriam boatos, e sim uma casa azul-acinzentada, de dois níveis, com acabamento castanho e vasos com gerânios ao longo do caminho de entrada.

A sra. Schlosburg, que nos recebeu à porta com um prato de biscoitos de chocolate saídos do forno (obviamente Vera tinha ligado antes para alertar a mãe de que traria uma convidada), era uma mulher atraente usando suéter Talbots — sem dentes faltando, sem vício de um maço por dia, como diziam os boatos —, que se esforçou ao máximo para que eu me sentisse bem-vinda. Eu deveria ter deduzido, já que ela frequentava a mesma turma de hidroginástica da minha mãe. Ficou me perguntando se eu queria alguma coisa — qualquer coisa — e dizendo que eu seria muito bem-vinda para o jantar.

Eu podia entender perfeitamente o entusiasmo da sra. Schlosburg. Sendo a típica menina comum, sou o tipo favorito dos pais. É enjoativo, mas verdadeiro.

Mas a sra. Schlosburg não fazia ideia de que não estava lidando com a típica menina comum. Ah, não.

A primeira coisa que fiz quando Vera me levou ao seu quarto — que era tão cheio de frescuras quanto o meu — foi abrir a porta de seu armário e tirar todas as calças capri que encontrei penduradas.

— O que está fazendo? — perguntou Vera com curiosidade.

— Uma vez eu lhe disse para ser você mesma. E você disse que não sabia quem era. Bem, vou mostrar. Vá lavar o cabelo.

Vera só ficou me olhando.

— Mas...

— Anda, entra no chuveiro.

— Mas...

— Faça isso.

Para minha surpresa, Vera obedeceu. Tive de admitir que Luke estava certo. Para um cara que eu não conseguiria decifrar nem para salvar minha vida, ele sem dúvida tinha *me* decifrado. Eu era uma líder nata. Era como se isso estivesse no meu sangue.

Eu ainda estava revirando o armário, mordiscando os biscoitos de chocolate que a sra. Schlosburg tinha trazido, quando Vera saiu do banheiro enrolada numa toalha, com o cabelo se encaracolando molhado em volta do rosto.

Ela olhou para mim e a pilha crescente de roupas na cama.

— O que você está fazendo? — perguntou.

— Essas você pode usar na escola — falei, indicando as coisas que tinha deixado penduradas no armário. A maioria era o que minha mãe chamaria de *clássicos* da moda — algumas blusas de abotoar, uma saia *jeans*, alguns suéteres, umas duas calças cáqui sem pregas — só de tons mais escuros —, jeans preto, um par de tênis Nike, uns tamancos, um par de sandálias plataforma bonitas e algumas saias de corte evasê.

— Isso — falei, indicando a pilha de um metro de calças capri, minissaias, blusas de alcinha, calças cargo e de cintura baixa, roupas que minha mãe teria chamado de *jovens* —, você deveria realmente dar para os pobres. Sei que Courtney e aquele pessoal usam roupas assim. Mas só porque uma coisa está na moda não significa que caia bem em você. É mais importante ficar bem do que na moda.

Vera me encarou.

— Mas não é a mesma coisa?

Dava para ver que tínhamos uma longa estrada pela frente.

Depois disso era hora de trabalhar o cabelo dela. Eu tinha passado tempo suficiente com Trina — que tinge suas próprias madeixas sempre que tem chance — para saber que diferença uma musse e algumas luzes bem colocadas podem fazer. Decidi — como Vera disse que não sabia — que seu cabelo deveria ficar castanho-avermelhado. Não ruivo. Nada chamativo demais. Só um castanho-avermelhado profundo, interessante, tipo Mary Jane do Homem-Aranha.

Eu não tinha vindo armada apenas com produtos de beleza, claro. Sabia que não poderia dar uma geral em Vera e considerar o trabalho encerrado. Também havia trazido alguns dos meus livros e DVDs prediletos, inclusive as últimas temporadas de *Buffy, a caça-vampiros*. Um dos problemas de Vera, sempre me parecera, era que ela não tinha o melhor papo do mundo. Não se pode culpá-la, verdade, já que as únicas pessoas com quem ela fica — não que essas pessoas falem com ela, mas tudo bem — são garotas como Courtney Deckard, que fala mais de *coisas* — creme pós-sol, grifes — do que de *ideias*. Um saco.

Pensei que seria útil se, enquanto eu estava melhorando a aparência de Vera, tentasse melhorar sua mente. Só um pouquinho. Para ela ter alguma coisa que falar com as pessoas. Além da dieta, claro.

Depois de bastante musse, um pouquinho de *spray* para dar volume, uma redução geral no negócio do delineador e base, Vera estava transformada. Tinha passado de *por que eu?* para *olha pra mim*! em apenas algumas horas. Quando finalmente acabei, o sr. Schlosburg tinha voltado do trabalho. Por isso mandei que ele e a sra. Schlosburg se sentassem na sala, depois "apresentei" a nova e — pelo menos na minha opinião — melhorada Vera.

Suas expressões completamente perplexas foram toda a prova de que eu precisava para saber que tinha feito um bom trabalho. A sra. Schlosburg até tirou fotos.

Aceitei o convite dos Schlosburg para jantar no Clayton Inn, o restaurante mais chique de Clayton, Indiana (o lugar onde aconteceria o Baile da Primavera). Achei que seria uma ótima oportunidade para dar a próxima lição a Vera: que era mais saudável se entupir com filé *mignon* e batatas assadas no jantar do que beliscar uma saladinha sem molho e depois devorar setecentos bolinhos Ana Maria durante a noite. De agora em diante, instruí, Vera deveria comer três refeições completas — e saudáveis — por dia. Chega de pratos de *iceberg* no refeitório, por favor.

Onde, segundo lhe informei, ela iria sentar-se à minha mesa de agora em diante... declaração que fez seus olhos se arregalarem um bocado.

Quando o sr. e a sra. Schlosburg me deixaram em casa, os dois estavam jorrando agradecimentos por eu ter posto sua filha sob as asas. Devo admitir que isso me deixou meio desconfortável. Ah, não por eles estarem tão emocionados nem nada. Mas o fato é que eu deveria ter posto Vera sob minhas asas há muito. Tinha deixado que ela batesse cabeça sozinha durante muito, muito tempo.

Mas tudo isso estava mudando, disse a mim mesma enquanto ia para a cama. Vera não era a única que estava sofrendo uma transformação.

Tchauzinho, Jenny Greenley boazinha, a melhor amiga de todo mundo. Olá, Jen, causadora de mudanças sociais.

E qualquer um que não tivesse percebido isso ao meio-dia do dia seguinte certamente saberia até o fim do almoço. Foi quando Vera e eu fizemos nossa entrada no refeitório.

Fiquei satisfeita ao ver que ela havia dispensado a chapinha naquela manhã. Seu cabelo recém-escurecido caía em ondas naturalmente encaracoladas em volta do rosto, emoldurando-o lindamente. O pouco de maquiagem enfatizava, em vez de deixar chapado. E parecia haver uma nova leveza no seu caminhar que eu não conseguia me lembrar de já ter visto.

Parada diante da porta do refeitório, onde tínhamos combinado nos encontrar, Vera ajeitou a blusa com manga talhada e garantiu que a bainha da saia de raiom na altura dos joelhos — chega de minis: as garotas sempre deveriam manter certas coisas como mistério — estivesse nivelada. Estendi a mão e ajeitei uma madeixa castanho-avermelhada para ficar casualmente sobre um dos ombros.

— Pronta? — perguntei.

Vera assentiu, nervosa. Depois disse:

— Primeiro posso perguntar uma coisa, Jen?

— Manda ver.

O olhar de Vera estava firme.

— Por que... por que você está fazendo isso comigo?

Tive de pensar durante um segundo. Não poderia dizer nada sobre a academia militar, porque não queria que Vera soubesse que sua mãe estivera falando dela com a minha. E, claro, não podia dizer que Luke tinha dito que o trabalho de gente como eu era ajudar gente como ela.

Só que, quando pensei direito, percebi que nenhum desses era o motivo para ter ajudado Vera. Eu tinha ajudado Vera porque...

— Porque gosto de você, Vera.

Talvez eu tenha percebido um pouco tarde demais. Mas mesmo assim era verdade.

Portanto foi o que falei, dando de ombros.

Só que talvez devesse ter guardado essa informação, porque os olhos de Vera se encheram de lágrimas, pondo em risco o rímel...

— Ah, meu Deus! — exclamei. — Para com isso!

— Não consigo — disse Vera, começando a fungar. — É a coisa mais legal que já me disseram...

Quanto mais rápido eu abrisse a porta do refeitório, melhor.

— Para dentro! — ordenei, apontando imperiosamente.

O barulho nos acertou com tanta força quanto o cheiro do prato especial do dia: peru ao molho de pimenta. Senti Vera dar um passo atrás, atordoada pelo ruído.

Mas recuar não era opção. Levei a mão atrás, encontrei sua mão gelada e puxei.

Estávamos dentro. E indo pela passarela.

Não hesite, eu tinha alertado Vera na véspera. *Se você hesitar — se mostrar pelo menos um instante de indecisão —, eles vão atacar. Lembre-se, estarei ao seu lado. Mantenha o olhar fixo à frente. Não afrouxe o corpo. Não arraste os pés.*

E, pelo amor de Deus, não faça contato visual.

Eu estava tentando agir de modo casual, por isso não olhei para Vera. Não fazia ideia se ela estava seguindo minhas instruções.

Mas dava para notar, pelo nível de decibéis no salão caindo cada vez mais, que algo estava acontecendo. Logo, não dava para ouvir nem um garfo raspando o prato. O silêncio — pela primeira vez na história da Escola de Ensino Médio Clayton — reinava no refeitório. O único som que eu escutava era o dos meus passos... e o clique-claque das sandálias plataforma de Vera.

Então arrisquei um olhar para Vera. Suas bochechas estavam ficando tão cor-de-rosa quanto a blusa.

Mas, para meu alívio, ela não vacilou.

Não hesitou.

E não fez contato visual.

Curvei-me e peguei duas bandejas. Entreguei uma a ela. Fomos pela fila de comida. Peguei uma tigela de peru ao molho de pimenta, uma salada mista — com molho —, pão de milho, um refrigerante *diet* e uma maçã. Vera fez o mesmo. As funcionárias do almoço olharam para nós, mas não por causa da comida que escolhemos.

Olharam porque elas, como eu, nunca tinham visto aquele lugar tão silencioso.

Só que, diferentemente de mim, elas não podiam deduzir por que ninguém estava falando.

Fomos para o caixa. Pagamos. Pegamos as bandejas. E fomos em direção à mesa.

Se alguma coisa fosse acontecer, eu sabia, seria naquele momento. A transformação de Vera, de aspirante a "Sou Apenas Eu Mesma", era notável, mas um tingimento e a maquiagem — e até mesmo uma blusa de tamanho inteiro — não fariam a mínima diferença para algum — ou alguma — sacana decidido a manter Vera sob seus calcanhares. Eles tinham tido tempo para se recuperar do choque. As provocações — se fossem acontecer — viriam agora.

Um metro. Três metros. Seis. *Chegamos*. Tínhamos colocado as bandejas na mesa e estávamos puxando as cadeiras quando aconteceu.

Um mugido.

Vera se imobilizou. O mugido tinha vindo de trás de nós. Na véspera eu tinha enfiado na cabeça dela a instrução de que, se alguém mugisse, dali para a frente, ela não deveria reagir. Não irromperia em lágrimas. Não fugiria do salão. Continuaria como se não tivesse escutado. Nem mesmo viraria a cabeça.

Mas será que Vera faria isso? Será que todas as minhas orientações teriam caído em ouvidos surdos? Fiquei olhando, apreensiva, os dedos de Vera se retesarem no encosto da cadeira... apertando ate os nós ficarem brancos.

Então ela puxou a cadeira, sentou-se e começou calmamente a comer.

O alívio atravessou meu corpo como água gelada num dia quente. Quase dei um risinho. Isso! O feitiço estava quebrado! Nunca mais mugiriam para Vera.

Até que ouvi de novo. *Muuuuuu.*

Scott Bennett, o único na nossa mesa que continuara a comer como se nada tivesse acontecido durante todo o tempo em que Vera e eu nos aproximávamos, parou com o garfo cheio de algo que pareceu *enchilada* de frango a meio caminho dos lábios. Olhou na direção do mugido, que parecia ter vindo da mesa de Kurt Schraeder. Também

167

olhei naquela direção. Vi Kurt me olhando de volta, com um sorrisinho maroto nos lábios.

— Está com algum problema, Kurt? — perguntei acidamente, com a voz (já que era a única no refeitório) percorrendo facilmente os dez metros até a mesa dele.

— Estou — começou a dizer Kurt.

Mas parou quando Courtney Deckard lhe deu uma cotovelada com força nas costelas.

Olhei para Courtney. Courtney me olhou.

Vou dizer a verdade. Não sei se era o fato de que no fim de semana eu iria ao Baile da Primavera da Escola Clayton com Luke Striker, e Courtney sabia disso, ou se a teoria do molho especial de Luke tinha realmente algum mérito.

Só sei que, logo depois disso, Courtney pegou seu refrigerante *diet* e disse alguma coisa à garota ao lado. A garota ao lado respondeu. Então todo mundo da mesa deles começou a comer e bater papo de novo, como se nada tivesse acontecido. Logo, toda a população do refeitório estava fazendo o mesmo.

Inclusive Vera Schlosburg, fiquei satisfeita em ver, ao me sentar. Vera estava perguntando educadamente ao Kwang se por acaso ele havia assistido a *Buffy*, e se ele não achava que a série tinha afundado feio depois que Angel saiu.

Meu coração inchou. Não houve mais nenhum mugido.

Vi que Vera Vaca estava morta. Longa vida a Vera Schlosburg!

Isso!, pensei enquanto partia para o peru ao molho de pimenta, subitamente morta de fome. *Isso!*

Pergunte à Annie

Faça à Annie suas perguntas de relacionamento pessoal mais complexas. Ande, tome coragem! Todas as cartas à Annie estão sujeitas a publicação no *Register* da Escola Clayton. Os nomes e endereços de *e-mail* dos que enviarem as correspondências serão mantidos em segredo.

Querida Annie,

A única coisa que interessa ao meu pai são os esportes. Ele nunca prestou atenção em mim enquanto eu fazia balé, artes e coisa e tal, mas agora que estou num time parece que ele não poderia ficar mais orgulhoso.

Mas o negócio é o seguinte: eu odeio totalmente esportes. Só tentei entrar no time para deixá-lo feliz. Nunca achei que conseguiria entrar. E fiquei porque achei que talvez aprendesse a gostar um pouquinho. Isso não aconteceu. Odeio os treinos e odeio os jogos. Quero sair. O único problema é que meu pai diz que, quando a gente aceita participar de um time, não pode largar, porque vai estar deixando o time na mão. Estou pensando: dane-se o time. Quero voltar para o balé. Qual é o seu conselho, Annie?

Futebol É Um Saco

Querida Saco

A vida é curta. O fato de você odiar tanto os esportes significa que de jeito nenhum vai estar jogando à altura do seu potencial. O time ficaria melhor se você saísse e eles encontrassem alguém disposta a jogar com o coração. Diga ao seu pai que você sabe que ele está tentando ensinar bons valores, mas que se você não experimentar coisas novas, nunca saberá em quê é melhor. E você só pode abrir tempo para coisas novas deixando de lado as coisas que você SABE que não funcionam.

Então prepare-se para o discurso do "estou muito desapontado". Mas não se preocupe. Ele vai superar. Quando vir você fazendo grand jetés na sua primeira grande apresentação de balé.

Annie

Doze

Certo, vou admitir. Depois do negócio da Vera, eu meio que comecei a pensar que talvez Luke estivesse certo.

Porque funcionou. Funcionou totalmente.

E, sim, talvez tenha funcionado porque ainda era possível ver imagens minhas no *Access Hollywood* toda noite, dizendo: "Não, verdade, Luke e eu somos apenas bons amigos."

Mas tanto faz. Tinha funcionado. As pessoas pararam de mugir para Vera.

E, claro, um monte de gente ficou dizendo — inclusive, como fiquei sabendo pela rede de fofocas, minha ex-melhor amiga Trina — "O que há com a Jen? Por que está sendo tão legal com Vera Vaca?"

Mas nunca ao alcance dos ouvidos de Vera, por isso não me importei.

Em especial quando minha mãe informou que depois das aulas naquele primeiro dia — o dia em que ela andou pela passarela sem que mugissem — Vera informou à sra. Schlosburg que tinha se inscrito para o conselho estudantil do próximo ano.

Aparentemente nem tão cedo iria para a academia militar de Culver.

Era uma pena que, ao mesmo tempo que conseguia influenciar positivamente a vida de Vera, eu ainda fosse a pessoa menos predileta de minha melhor amiga. Trina continuava se recusando a falar comigo e, vou admitir, a coisa era difícil. Eu sentia falta dela. Sem Trina para bater papo pela Internet, fazer o dever de casa de latim não era tão divertido. Não estava arrependida de ter dito o que disse, e ainda não acho que ter concordado em ir ao Baile da Primavera com Luke Striker fosse a traição gigantesca que ela evidentemente achava.

Mas gostaria de ter cuidado um pouco melhor da situação. Porque estar brigada com Trina afetava minha vida de modo bem negativo... em especial durante os ensaios dos Trovadores.

O dia do grande concurso estava se aproximando depressa. Nossos vestidos — os de 180 dólares — chegaram em toda a sua glória vermelha com lantejoulas. Eram realmente as roupas mais horrendas que eu já tinha visto — o tipo de vestido que (se eu encontrasse algo semelhante no armário de Vera) teria ido direto para a pilha dos pobres.

E provavelmente nem os pobres iriam querer.

Mas o sr. Hall adorou. Quando subimos no tablado para o primeiro ensaio com figurino, na aula da terça-feira, ele chegou a ficar com os olhos molhados. Disse que, finalmente, parecíamos um coral.

Não sei o que ele achava que parecíamos antes. Mas aparentemente não um coral.

Os vestidos chegaram bem a tempo. Ao alvorecer da sexta-feira — véspera do Baile da Primavera — os Trovadores da Escola Clayton (junto com o sr. Hall e seletos membros da orquestra da Escola

Clayton, que iriam nos acompanhar durante a apresentação) deveriam embarcar num ônibus especialmente fretado. Então iríamos à Escola Bispo Luers, onde enfrentaríamos uma dúzia de outros corais. Cada coral tinha quinze minutos para fascinar a bancada de jurados prestigiosos (um deles era uma ex-miss Kentucky) com a mistura e o equilíbrio vocal, entonação, precisão rítmica, interpretação, qualidade de afinação, postura, aparência, ritmo da apresentação, coreografia e desempenho geral.

Sei. Será que alguma coisa poderia ser mais capenga? Uma ex-miss *Kentucky*? Olá, pelo menos poderiam ter conseguido Andrew Lloyd Webber ou alguém do nível.

Mas você não acreditaria ao ver como todo mundo estava nervoso, apesar do quociente de capenguice. Tenho de confessar: as contraltos estavam muito mais interessadas em ver quantos pedacinhos de papel podíamos fazer grudar no cabelo encaracolado de Karen Sue Walters no tablado abaixo de nós.

Karen Sue nos acusou de cuspir nela. Dá para acreditar? E, se você quiser saber, o sr. Hall fez um estardalhaço exagerado. Não era cuspe nem nada, só pedacinhos do dever de trigonometria de Liz Entediada.

De qualquer modo, na última semana antes de irmos para o concurso, o sr. Hall fez a gente ensaiar até que "All That Jazz" pareceu ficar tocando permanentemente na minha cabeça. Não tínhamos nenhum problema com mistura e equilíbrio vocais, entonação, dicção ou qualidade de afinação.

Mas, segundo o sr. Hall, alguns de nós tinham sérios problemas com a precisão rítmica. E alguns de nós — certo, bem, pelo menos uma de nós — tinham grandes problemas com a coreografia.

Minha única defesa é que, quando fiz o teste, ninguém tinha dito nada sobre dançar. Sério. A parte de cantar eu entendia. Mas dançar? Ninguém tinha dito uma palavra.

Normalmente, claro, eu teria pedido a Trina para ir à minha casa depois da aula, ajudar com o negócio da coreografia. E normalmente ela ficaria feliz em fazer isso.

Mas Trina e eu não estávamos nos falando. Ou melhor, eu estava falando com Trina.

O problema é que Trina não respondia.

Isso me cansou bem depressa. Na terça-feira, eu já achava que tinha ido longe demais.

E na quarta estava cheia daquilo.

Também fiquei cheia de ter o sr. Hall gritando que eu estava estragando a coreografia. O que, se você pensar bem, era tudo culpa de Trina. Quero dizer, foi *ela* quem veio dizendo: "Ah, vai ficar bem no seu boletim."

É, mas de que adianta um belo boletim se por acaso eu estiver MORTA? Porque é o que eu temia que acontecesse se não tirasse o sr. Hall do meu pé por causa daquela coreografia idiota. Ia simplesmente cair MORTA.

Eu me saía bem no "As Long As He Needs Me" (I'll Klingon Steadfastly) porque era uma música lenta. E como em "Day by Day" a gente só precisava ficar ali parada com os vestidos idiotas, olhando para um refletor — "Vocês estão olhando para um lindo pôr do sol", dizia o sr. Hall. "Estão olhando um arco-íris, fascinados pelo amor do Senhor!", eu ficava numa boa nessa também.

Mas no "All That Jazz"? Ah, eu tinha pavor de "All That Jazz". Eu podia dar o passinho durante a frase "*I bought some aspirin down at United Drug*". Até podia fazer as mãos de *jazz* durante "*Start the car, I know a whoopee spot*".

Mas quando se tratava de entregar a bosta da cartola de Trina para a bosta da fila de chutes, eu estragava totalmente.

Vou escancarar e dizer que isso também era culpa de Trina. Na semana anterior, quando ainda nos falávamos, eu estava jogando a cartola e ela pegava a tempo de entrar no lugar para o cancã.

Mas, por algum motivo, ainda que eu estivesse jogando a cartola exatamente do mesmo jeito, Trina não conseguia pegar. Não quero dizer que fosse de propósito. Mas...

Certo: ela estava errando de propósito.

Nas duas primeiras vezes em que isso aconteceu o sr. Hall não notou, porque a cartola caiu no chão e Trina simplesmente se abaixou e pegou.

Mas no ensaio da quarta-feira — um ensaio particularmente conturbado, porque um dos tenores esqueceu a faixa do *smoking* e achei que o sr. Hall ia ter um aneurisma, de tão furioso que ficou — a cartola de Trina voou da minha mão e pousou, por sorte, dentro da tuba de Jake Mancini.

Ela poderia ter pegado. Poderia ter esticado a mão e pegado no ar.

Mas não pegou. Por isso a cartola pousou na tuba.

O que na verdade foi muito engraçado, se você perguntar. Quero dizer, quais seriam as chances? Se tivesse acontecido durante o concurso, aposto que a miss Kentucky pensaria que tínhamos feito de propósito e daria pontos extras por mira e criatividade.

Não era grande coisa. Pelo menos não achei que fosse. Jake tirou a cartola do instrumento, entregou galantemente a Trina, ela pôs na cabeça e entrou na fila de chutes sem perder um passo.

Mas Brenda, que tinha visto a coisa toda, estava rindo tanto — pelo menos foi o que me disse depois — que quase molhou as calcinhas especiais, enormes (elas vinham com o vestido, para marcar).

No entanto o sr. Hall, que também viu a coisa toda, não pareceu achar nem um pouco divertido. Sua cabeça girou e ele me cravou um olhar de pura fúria. Seu rosto ficou vermelho como... bem, como o meu vestido.

Quando "All That Jazz" chegou ao fim apoteótico e todos ficamos ali parados, com as mãos de *jazz* estendidas, tentando exsudar o máximo de postura e precisão rítmica que podíamos, o sr. Hall baixou sua batuta e sibilou:

— Sentem-se.

Todos desmoronamos onde estávamos, nos degraus do tablado. Então o sr. Hall apontou para mim.

— Você — rosnou ele. Verdade. Ele rosnou! — De pé.

Fiquei de pé. Meu coração batia depressa. Mas só porque estivera fazendo mãos de *jazz* havia alguns segundos. Não estava com medo nem nada. Afinal de contas, tinha sido um acidente. Eu não havia feito de propósito. Certamente o sr. Hall entendia isso.

Por acaso o sr. Hall não entendia essas coisas.

— Srta. Greenley — disse o sr. Hall. Seu rosto ainda estava vermelho e havia enormes meias-luas de suor sob as axilas. Mas ele parecia não notar o próprio desconforto. Toda a sua atenção estava focalizada em mim. — É sua intenção solapar e arruinar a apresentação deste coral no concurso Bispo Luers? — perguntou ele.

Olhei para Brenda Durona, para ver o que ela achava da pergunta. Teria olhado para Trina, pedindo ajuda, mas ela estava com o rosto virado resolutamente para a parede.

— Ah — falei, já que a resposta de Brenda Durona foi apenas um dar de ombros infinitesimal, mostrando que, para ela, não havia resposta certa. — Não.

— Então — trovejou o sr. Hall, suficientemente alto para fazer o garoto que segurava os pratos quase largá-los, de tanto pavor —, por que você jogou a cartola de Catrina Larssen no fosso da orquestra durante o último número?

Olhei para Steve, esperando algum apoio. Nenhum parecia vir, pelo menos da seção dos barítonos. O pomo de adão de Steve subiu e desceu como um pistão, mas ele não abriu a boca.

— Ah — respondi por fim. — Foi um acidente.

— UM ACIDENTE? — gritou o sr. Hall. — UM ACIDENTE? E você sabe o que esse pequeno ACIDENTE teria custado se acontecesse no concurso? SABE?

Como eu não tinha a mínima ideia, respondi:

— Não.

— Dez pontos! — rugiu o sr. Hall. — Dez pontos, srta. Greenley, podem fazer a diferença entre o primeiro lugar e LUGAR NENHUM. É ISSO QUE VOCÊ QUER, SRTA. GREENLEY? QUE ESTE CORAL NÃO TENHA COLOCAÇÃO NO CONCURSO?

Olhei para Trina de novo. Se estivéssemos nos falando, eu sabia que, nesse ponto, ela teria levantado a mão e dito: *Sr. Hall, a culpa foi minha, e não de Jen. Eu deveria ter pegado a cartola, mas não peguei*, ou algo assim.

Só que, se Trina e eu ainda estivéssemos nos falando, ela não teria deixado a cartola cair na tuba. Por isso, de verdade, a coisa toda foi culpa dela.

Só que eu não poderia ficar ali e dizer isso. *Sr. Hall, não foi minha culpa. Foi de Trina*. Porque a gente simplesmente não *faz* isso.

Portanto falei:

— Desculpe, sr. Hall. Não vai acontecer de novo. — Mesmo eu sabendo que iria. Porque Trina jamais iria pegar aquela cartola.

— Desculpas não bastam — gritou o sr. Hall. — Desculpas não consertam as coisas! Você esteve de preguiça o ano inteiro, srta. Greenley. É como se esse coral fosse uma grande piada para você. Bem, quero que saiba que os Trovadores da Escola Clayton não são piada. Ganhamos altas honras no concurso Bispo Luers nos últimos cinco anos, e este ano não será diferente, apesar de seus esforços para sabotar nossa apresentação. Não sei se seu pequeno caso com Luke Striker lhe subiu à cabeça, mocinha, mas deixe-me garantir: *ele* é o astro. Não *você*. Agora: você trabalha comigo ou vai embora daqui. A escolha é sua.

Então o sr. Hall pegou a batuta e bateu na estante.

— Certo, pessoal, vamos recomeçar. E esperemos que *desta* vez a srta. Greenley mostre um pouco mais de cortesia.

É o seguinte. Na semana passada eu poderia ter deixado assim. Por Trina, porque na verdade a coisa era dela. Eu só estava de acompanhante. Ela é que tinha o grande solo. Ela é que havia me convencido a entrar naquela coisa idiota, para começar.

Se tivesse sido na semana passada eu poderia dizer: *Certo, sr. Hall, peço desculpas, sr. Hall. Vou ensaiar muito para consertar, sr. Hall*. Só para tornar as coisas tranquilas e fáceis para todo mundo.

Mas não era a semana passada.

E eu não me importava em tornar as coisas fáceis e legais para todo mundo.

Estava interessada em tornar as coisas certas.

Por isso desci do tablado, fui até onde minhas roupas estavam — numa pilha junto com todos os meus livros — e peguei tudo.

— Com licença, srta. Green — disse o sr. Hall. — Aonde você acha que vai?

Olhei para ele por cima do ombro enquanto subia os degraus até a porta que dava no corredor.

— O senhor disse para eu trabalhar com o senhor ou ir embora. — Meu coração estava batendo forte contra as costelas. Eu nunca havia enfrentado um professor. Nunca, nem uma vez. Mas não me importava com o que me acontecesse agora. Disse a mim mesma que não me importava nem um pouco. — Por isso estou indo.

— Pare de ser tão dramática. Verdade, esse é o tipo de comportamento que esperaria da srta. Larssen... — ele encarou Trina com olhos sombrios — não de você, srta. Greenley. — E apontou para o espaço vazio no tablado, onde eu estivera. — Agora volte ao seu lugar. Vamos começar do princípio, gente.

— Mas... — Fiquei exatamente onde estava. — O senhor disse que eu tinha uma escolha.

— Isto é uma *aula*, srta. Greenley. Você não pode simplesmente sair no meio.

O que é verdade. Não se pode sair no meio de uma aula. Não sem um passe. Se você sair, pode ser detida, ou pior, suspensa. Talvez até seja expulsa. Como é que eu iria saber? Nunca havia saído no meio de uma aula. Sempre tinha sido uma boa menina. Você sabe, a típica menina comum. O tipo de garota que nunca larga um ensaio no meio e deixa todo mundo na mão.

O sr. Hall sabia disso. Motivo provável pelo qual acrescentou:

— Você não pode simplesmente *sair*.

E talvez esse tenha sido o motivo pelo qual respondi:

— Fique olhando.

E fui embora.

— Srta. Greenley — ouvi-o gritar. — Srta. Greenley! Volte aqui neste instante!

Mas era tarde demais. Eu já estava fora da sala do coral e indo pelo corredor, direto para o banheiro feminino, onde — com as mãos trêmulas — coloquei de volta a roupa normal.

E sabe de uma coisa? Absolutamente ninguém veio atrás de mim ver se eu estava bem. Ninguém perguntou ao sr. Hall se poderia ver como me sentia. Ninguém se preocupou, como eu sempre me preocupava com Vera, em ver se eu precisaria de um ombro para chorar.

Ninguém. Absolutamente ninguém.

Nem mesmo Trina, de quem era toda a culpa, para começar.

Quer saber por quê? Porque a única pessoa na Escola Clayton que algum dia se importara a ponto de correr atrás das pessoas para ver se elas estavam bem era *eu*.

Talvez por isso eu tenha pego meu vestido — meu vestido dos Trovadores, de 180 dólares e 100% de poliéster, com o raio de lantejoulas na frente —, o tenha embolado e jogado no lixo.

Pergunte à Annie

Faça à Annie suas perguntas de relacionamento pessoal mais complexas. Ande, tome coragem! Todas as cartas à Annie estão sujeitas a publicação no *Register* da Escola Clayton.
Os nomes e endereços de *e-mail* dos que enviarem as correspondências serão mantidos em segredo.

Querida Annie,
Apesar de eu ter feito dezesseis anos na semana passada, meus pais não me deixam sair com garotos, mesmo em grupo. Recentemente, um garoto me convidou para o cinema com ele. E os pais dele e meus pais disseram não.

Agora minhas amigas não querem ficar comigo porque sabem que não posso fazer nada se houver garotos por perto. Estou morrendo de solidão. O que posso fazer?
Isolada em Indiana

Querida Isolada
Diga aos seus pais que você os ama e que sabe que eles estão tentando ser protetores, mas que foram longe demais. Ao impedi-la de ter uma vida social normal, eles não estão deixando que você aprenda a tomar decisões sozinha e desenvolver relacionamentos saudáveis, o que terá um impacto negativo não somente na sua capaci-

dade futura de encontrar um cônjuge, mas também na de atuar bem numa carreira e no mundo em geral.

Se eles continuarem se recusando a ouvir, peça ao seu pastor, a um professor de confiança ou a outro amigo adulto para interceder em sua defesa. Boa sorte e lembre-se, enquanto existir a Annie você nunca estará sozinha.

Annie

Treze

Achei que iriam se passar dias até que eu pudesse olhar para o que havia acontecido no coral e rir. Talvez até semanas. Quero dizer, tinha sido muito perturbador e tal. Eu havia desafiado um professor, abandonado um monte de gente que dependia de mim e provavelmente cortado laços irrevogavelmente com minha melhor amiga.

Mas por acaso demorou apenas três horas até que o lado engraçado da situação me acertasse. Porque foi o tempo que levou para o pessoal do *Register* fazer com que eu visse. Quero dizer, o lado engraçado.

Em especial Scott Bennett.

— Você *não* fez isso — disse ele quando contei a parte em que enfiei o vestido no lixo.

— Fiz sim.

Devo admitir que a reação do pessoal do jornal à coisa toda tinha me dado confiança em mim e em minha decisão. Naquela tarde eu havia passado o resto das aulas esperando uma convocação de Doce Lucy, que sem dúvida ligaria para meus pais, se não me suspendesse de cara.

Mas não veio nenhuma convocação da sala da vice-diretora. Nem da sala do dr. Lewis. Nem mesmo da sra. Kellogg. Aparentemente o sr. Hall não tinha me denunciado.

Ou, mais provavelmente, tinha, e ninguém na diretoria se incomodou. Porque, afinal de contas, era *eu*. E que tipo de problema *Jen Greenley* poderia causar andando pelos corredores em vez de ficar no tablado como uma boa menina?

Mas Scott, Geri, Kwang e o resto do pessoal do *Register* me fizeram ficar mais animada. Na verdade eles não sabiam nada sobre os Trovadores. A não ser que Kwang iria de ônibus com eles ao concurso para cobrir o acontecimento para o jornal. Como os times esportivos da Escola Clayton perdem todos os jogos, as pessoas estavam colocando muita esperança na hipótese de os Trovadores compensarem pelo fracasso dos Galos.

— Agora vou me sentar perto de quem? — perguntou Kwang com um gemido, já que sem mim ele não teria com quem fazer piadas no ônibus.

— Tem a Trina — observei. — E o Steve.

— Gente de teatro — respondeu Kwang, enojado.

— Não acredito que você simplesmente jogou fora — disse Scott, ainda falando do vestido. Era a parte que ele parecia não entender. Eu ter jogado fora meu vestido.

E acho que *foi* bem estranho. Quero dizer, considerando que era bem caro.

Mas esse era o ponto. Eu tinha pago o vestido com meu dinheiro. Dinheiro do trabalho de babá. Dinheiro que poderia ter gastado em... não sei. Mas em algo de que realmente gostasse.

— O que acha que eu deveria ter feito com ele? — Balancei a cabeça. — Quero dizer, não daria para usar de novo.

— É, Scott — disse Geri. Os dois tinham chegado a um ponto em seu novo relacionamento não romântico em que podiam zombar de novo um do outro. Eu não sabia direito se era bom ou mau sinal. Mas fiquei aliviada porque nenhum parecia estar pegando no pé do outro. Na verdade, ultimamente Geri parecia estar de ótimo humor. — O quê? Você acha que há um monte de lugares onde uma garota pode usar um vestido vermelho com um raio na frente?

— É — disse Kwang. — Você acha que ela deveria usá-lo no Baile da Primavera com o Luke Striker?

Todo mundo riu disso *pra valer*.

Então Geri sugeriu que voltássemos ao banheiro, onde eu tinha jogado o vestido, o tirássemos da lata de lixo e fizéssemos uma cremação ou enterro cerimonial dele. Mas Scott teve uma ideia melhor: deveríamos colocar produtos químicos do laboratório fotográfico nele — já que era feito de tantas fibras não-naturais — e ver se poderíamos fazer o vestido explodir.

Achei estranho chegar tão perto da sala do coral tão pouco depois do acontecido — não queria dar de cara com o sr. Hall, Trina ou alguém mais —, por isso abri mão de ir na "missão de resgate" do vestido. Em vez disso, Geri foi com duas calouras. Mas voltaram de mãos vazias. Os faxineiros já haviam tirado o lixo.

Isso levou a um monte de piadas sobre se um dos faxineiros encontrasse o vestido e decidisse ficar com ele, e como seria hilário se por acaso pegássemos um deles usando o vestido. Você sabe, por baixo do macacão.

Era idiota, eu sei. Mas juro que quase molhei a calça de tanto rir.

Motivo pelo qual, depois do fim da reunião, não ouvi Scott dizer meu nome. Porque ainda estava rindo demais.

— Eu lhe dou uma carona para casa, se você quiser, Jen — disse Scott.

Juro, ele disse de modo tão casual que a princípio não percebi a enormidade da situação. Você sabe, porque ele diz isso praticamente todo dia. Só respondi — lembrando que Trina não falava mais comigo e que não poderia contar com a carona de Steve, mesmo, já que eles estavam separados:

— Ah, legal, obrigada.

Peguei a mochila e acompanhei Scott pelos corredores longos e vazios até o estacionamento dos alunos. Fomos batendo papo à vontade. Scott disse que ouviu que Avril Lavigne não seria capaz de andar de *skate* nem para salvar a vida, e perguntou se isso não a tornava uma tremenda fraude; e eu a defendi, dizendo que ela nunca afirmou ser skatista, só andava com skatistas.

O que naturalmente levou a uma discussão sobre os méritos do *skate*, e — se estivéssemos reconstruindo a civilização, como em *O martelo de Lúcifer* — sobre se deixaríamos os skatistas ficarem em nossa nova sociedade utópica? (Scott: Absolutamente não. Andar de *skate* não é uma habilidade útil. Eu: talvez. Porque os skatistas costumam entender coisas como física. Eles precisam entender, para montar aqueles *half pipes*).

Era simplesmente... *fácil*. Quero dizer, andar pelo corredor conversando com Scott. Como se fizéssemos isso a vida inteira.

Só que não fazíamos. Sempre havia uma terceira pessoa junto. Por acaso simplesmente não notei — na hora — que ela estava faltando.

Ainda era uma linda tarde de primavera quando saímos. O céu era uma enorme saladeira azul emborcada no alto. Ficava difícil acreditar que havia planetas, estrelas e outras coisas girando nele. De fato, nos velhos tempos era isso que as pessoas pensavam — que o céu era como uma peneira gigantesca sobre a Terra e que as estrelas eram a luz do paraíso, brilhando através de furos na cobertura protetora. As pessoas morriam de medo de o céu rachar e deixar entrar toda a força da luz do paraíso, que, segundo elas pensavam, iria nos matar.

Eu estava falando isso ao Scott quando chegamos ao carro e ele abriu a porta do carona para mim. Só quando me vi olhando o banco do carona — o banco vazio, o da frente — a coisa me bateu: Geri Lynn não estava conosco. Geri Lynn não estava conosco porque Scott e Geri tinham rompido. Scott e eu estávamos sozinhos um com o outro.

Scott e eu estávamos sozinhos um com o outro pela primeira vez na vida.

Não sei por que essa percepção me deixou tão... estranha. Quero dizer, Scott e eu conversamos o tempo *todo*, no almoço e nas reuniões do *Register*.

Mas a verdade é que sempre há pessoas em volta. E, certo, talvez elas não estejam participando da conversa. Mas mesmo assim estão *ali*.

Estar sozinha com ele assim...

Bem, era simplesmente *estranho*.

Tipo o banco da frente, por exemplo. Eu nunca havia sentado no banco da frente do carro do Scott. Jamais. Sempre ficava no traseiro, atrás de Geri Lynn. Tudo que podia ver de lá, na verdade, era a grande cabeleira loura de Geri.

Mas do banco da frente, por acaso, dava para ver um monte de coisas que nunca tinha notado. Como a coleção de CDs de Scott, por exemplo, que incluía muitos artistas que também estavam na minha... Ms. Dynamite, Bree Sharp, Garbage e Jewel.

E o dado de pelúcia pendurado no retrovisor, no qual estava impresso VÁ A RUBY FALLS.

E a mão de Scott na alavanca de câmbio, a centímetros da minha coxa. A mão forte e grande de Scott, a que tinha me levantado na direção daquele tronco idiota...

Acho que ficaria bem. Acho que poderia lidar com a estranheza de estar sozinha com Scott no banco da frente do carro dele se — *bam!* — a lembrança de todas aquelas vezes que Trina disse que eu deveria ter convidado Scott para sair não voltasse como uma enchente. *Vocês são perfeitos um para o outro*, dizia subitamente a voz de Trina, repetindo sem parar, na minha cabeça. *Por que não convida o cara para sair?*

Cala a boca, Trina, falei com ela. Mas, você sabe, dentro da cabeça. *Cala a boca!*

Era incrível como minha ex-melhor amiga podia arruinar até uma coisa perfeitamente inocente como uma carona... e mesmo sem estar ali!

Não sei se Scott notou como eu tinha ficado quieta de repente. Não sei como não poderia ter notado. Quero dizer, em geral nós falamos a um quilômetro por minuto um com o outro.

Mas, juro, assim que escutei a voz de Trina na cabeça, dizendo que eu deveria ter convidado o Scott, não pude pensar em mais nada.

A não ser, talvez, em todos aqueles corações na agenda de Geri Lynn. Isso eu não conseguia tirar da mente, por algum motivo.

Scott não pareceu notar minha mudez súbita. De fato aproveitou-se dela para dizer, enquanto entrávamos na minha rua:

— Posso fazer uma pergunta, Jen?

O que poderia ser menos ameaçador? Ele queria me fazer uma pergunta. Só isso. Uma pergunta.

Então por que meu coração começou a bater tão forte dentro do peito? Por que as palmas das minhas mãos ficaram suadas? Por que estava com dificuldade para respirar?

— Manda ver — consegui falar num chiado.

Só que não descobri o que Scott queria perguntar, porque tínhamos parado diante da minha casa...

...e sete ou oito repórteres correram para o carro, cada um gritando perguntas.

— Jen, Jen — gritava um deles. — Que cor você vai usar no baile? Pode dar uma dica?

— Srta. Greenley — gritava outro. — Cabelo preso ou solto? As adolescentes querem saber!

— Jen — guinchou um terceiro. — Você vai com Luke a Toronto, onde ele vai filmar o próximo projeto?

— Meu Deus — disse Scott, falando dos repórteres. — Ainda estão assediando você?

— Bastante. — E respirei fundo tentando acalmar o coração que ainda batia forte. — O que você queria perguntar, Scott?

— Ah. Nada. — Depois ele riu e, fingindo que estava segurando um microfone, apontou para a minha cara. — Como é ser a invejada por milhões de garotas de todo o país, srta. Greenley?

— Sem comentários — falei com um sorriso aliviado. Brincando. Ele estava brincando comigo. Portanto estava tudo bem...

...o que quer que fosse.

Então saí do carro para o amontoado de repórteres.

— Vejo você amanhã! — gritei para o Scott.

— Vejo você — disse ele.

Mas mesmo então — mesmo que nós dois tivéssemos nos separado e não estivéssemos mais a sós um com o outro — as coisas continuavam estranhas. Porque notei que Scott esperou até eu ter passado pelos repórteres ("Jenny, Jenny, como é saber que você vai ao Baile da Primavera com o vencedor do prêmio de Novo Astro Mais Sensual Segundo o prêmio People's Choice?) e ter aberto a porta e tudo, antes de ir embora. Ele queria garantir que eu ficasse bem, mesmo que, você sabe, ainda fosse pleno dia e tal.

O que isso significava? Quero dizer, fala sério!

E me ocorreu que, agora que Scott e Geri tinham rompido, eu poderia entrar na Internet e escrever para Trina sobre isso. Você sabe, dizendo *AhmeuDeus, agorinha mesmo, quando o Scott me deixou, ele esperou para ver se eu estava bem, antes de ir embora. O que você acha que isso significa?* Porque, você sabe, Scott não tinha mais dona.

Só que eu não podia escrever para Trina. Porque ainda não estávamos nos falando.

E também porque seria estranho demais. Porque não penso no Scott desse modo.

Penso?

Devo pensar?

Só que eu não tive tempo para pensar nisso, porque no minuto em que passei pela porta o telefone começou a tocar.

A princípio tive quase certeza que era ela. Quero dizer, Trina. Ligando para dizer como lamentava o que tinha acontecido no coral e pedindo perdão.

Só que não era Trina. Por acaso era Karen Sue Walters.

Não pude imaginar o que Karen Sue queria — ela nunca havia ligado para a minha casa.

Por acaso, o que ela queria era ver se eu estava bem. Fez piada sobre o temperamento do sr. Hall, dizendo:

— Nós, gente de teatro! Simplesmente não podemos evitar.

Depois disse que esperava me ver no dia seguinte, no ensaio.

— Acho que não — falei devagar, imaginando o que estaria acontecendo. Quero dizer, era meio estranho Karen Sue estar imaginando se eu estaria bem *agora*, horas depois do fato. Eu não tinha notado que ela estivesse tão preocupada durante o dia, quando a coisa aconteceu.

— Acho que não sou feita para esse negócio de coral — falei. — Você mesma disse... gente de teatro. Eu não sou.

Então a voz de Karen Sue ficou diferente. Perguntou se sabia o quanto estava deixando todo mundo na mão. Não somente ela e o coral, mas toda a escola. Toda a escola dependia de que os Trovadores ganhassem o concurso Bispo Luers.

Foi então que percebi por que Karen Sue realmente havia ligado. Não porque se importasse com minha saúde mental nem nada. O que era óbvio, já que não tinha corrido atrás de mim quando saí da sala naquele dia.

E sim porque não haviam encontrado mais ninguém para entregar a cartola de Trina.

Por isso, disse a Karen Sue que o único modo de ela me ver no ensaio no dia seguinte era se alguém arrastasse minha carcaça fria e sem vida para cima do tablado e deixasse lá.

Então desliguei antes que pudesse pedir desculpas pelo que disse.

Karen Sue não foi a única pessoa dos Trovadores que ligou naquela noite. Tive notícia de um punhado de outras sopranos. Não de Trina, claro. Não da pessoa que deveria ter ligado, de quem era toda a culpa. Mas de algumas outras.

Mas falei a todas a mesma coisa que tinha dito a Karen Sue: não, eu não voltaria para o coral.

Quando o telefone tocou, às onze daquela noite, meu pai — que, como minha mãe, não fazia ideia do que estava acontecendo... e eu preferia manter a coisa assim — resmungou:

— E eu achava que era ruim quando você e Trina ainda estavam se falando!...

Mas quando peguei o telefone não era outro membro dos Trovadores implorando para eu voltar.

Era Luke Striker.

— Jen — disse ele. — Oi. Espero não ter acordado você. São só nove horas aqui em Los Angeles. Esqueci a diferença de fuso. Seus pais estão com raiva?

Estavam, claro, mas não de Luke. Garanti que estava tudo bem. E então imaginei por que ele estaria ligando. Será que queria cancelar? Quero dizer, o Baile da Primavera?

Sei que parece maluco. Sei que qualquer outra garota nos Estados Unidos estaria morrendo de medo de um telefonema assim. Você sabe, Luke Striker cancelando um encontro com elas.

Mas eu? Estava tentando ignorar a pulsação acelerada. Porque se Luke cancelasse eu estaria livre... livre para ir à festa Antibaile da Primavera do Kwang. Livre para ficar lá.

Não me perguntei por que esse pensamento deveria ser tão atraente. Não me perguntei com *quem* eu queria ficar na festa do Kwang.

E não me perguntei se talvez isso teria algo a ver com a pergunta que uma certa pessoa quis me fazer mais cedo...

Ahporfavorcanceleobailedaprimavera. Porfavorporfavorcanceleobailedaprimavera. AndaLukecanceleobailedaprimaveracomigo...

Mas não era por isso que Luke estava telefonando. Não era nem um pouco por isso.

— Ouvi dizer o que aconteceu hoje. No coral.

Quase larguei o telefone.

— *Ouviu?* Como você ouviu isso? Quem contou? Foi a sra. Kellogg? Meu Deus, ela não sabe, sabe?

— Não foi a sra. Kellogg — disse Luke com um risinho. — Só digamos que eu tenho minhas fontes.

Fontes? Que fontes? O que ele estava falando?

— Ah, meu Deus — falei sentindo um medo gelado me agarrando. — Saiu no noticiário? A história de eu abandonar o coral? — Quem tinha contado? Quem poderia ter contado? E o quanto eu estaria morta quando meus pais descobrissem?

— Relaxe — disse Luke. Agora rindo mesmo. — Não saiu no noticiário. Mas eu gostaria que tivesse saído. Gostaria de estar lá para ver aquela cartola voando e caindo na tuba...

— Não é engraçado? — reagi, mesmo que há algumas horas eu tivesse morrido de rir daquilo. — Bem, não *tão* engraçado assim. Todo mundo está furioso comigo. Luke, nunca tive tanta gente furiosa comigo.

— Bom. Isso significa que está dando certo.

— O que está dando certo?

— O que nós conversamos. Você não pode provocar mudanças sociais sem provocar algumas reações, Jen.

— Ah. Bom, eu não diria que sair do coral seja exatamente provocar mudanças sociais.

— É sim. Talvez não tão grande quanto a que você fez por Vera, mas...

— Espere aí. Como *você* sabe o que aconteceu com Vera?

— Eu disse — respondeu Luke, rindo. — Tenho minhas fontes.

Fiquei imaginando de quem, afinal de contas, Luke poderia estar falando. Desde sua "revelação" em Clayton ele tinha voltado para sua mansão nas Colinas de Hollywood, onde pessoas como Pat O'Brien diziam que ele estava "recluso", ainda se recusando a falar à imprensa sobre ter sido abandonado por Angelique e sua decisão subsequente — um repórter a chamou de "burlesca" — de cursar o ensino médio disfarçado numa pequena cidade rural do Meio-Oeste. Parecia que todo mundo queria saber o que estava acontecendo com Luke Striker e o que chamavam de seu comportamento "bizarro".

Mas, realmente, não acho que o fato de Luke querer ficar sozinho — ou mesmo frequentar a escola — seja tão bizarro. Não era como se ele estivesse subindo em árvores e se declarando ser o Peter Pan, como *algumas* celebridades.

— Escute, Jen — disse ele naquela voz suave e profunda que o havia tornado um Lancelot tão convincente. Dava para ver completamente como Guinevere ficaria a fim dele, e não do outro cara, o que fez o papel do rei Artur. — Eu só quis ligar e dizer como sinto orgulho de você. Você está se saindo de modo fantástico. Como vão as coisas no *front* da Betty Ann?

Betty Ann! Ah, meu Deus, tinha me esquecido completamente de Betty Ann.

— Ah, eu... estou trabalhando nisso

— Ótimo. Então vejo você no sábado, certo? Ah, Jen...

— O quê?

— Eu sabia que você ia conseguir.

Agradeci e desliguei. Mas não compartilhava seu entusiasmo. Quero dizer, o que, exatamente, eu tinha feito? Afastado minha melhor amiga. Abandonado o coral na véspera de sua apresentação importantíssima — isso é que era espírito de equipe! Teria de matar a aula de coral no quarto período, no dia seguinte, o que significava que provavelmente seria apanhada e, consequentemente, suspensa.

E agora teria de ir contra o cara mais popular da escola para pegar de volta a boneca da minha professora predileta.

Ah, sim. As coisas estavam ótimas.

Pergunte à Annie

Faça à Annie suas perguntas de relacionamento pessoal mais complexas. Ande, tome coragem! Todas as cartas à Annie estão sujeitas a publicação no *Register* da Escola Clayton.
Os nomes e endereços de *e-mail* dos que enviarem as correspondências serão mantidos em segredo.

Querida Annie,
Tem um cara de quem gosto mais do que somente como amigo, mas ele parece achar que somos apenas colegas. Ele pede meu conselho sobre garotas e já saiu com todas as minhas amigas, menos comigo. Isso me mata! Será que eu deveria abrir o jogo e dizer que gosto dele? E se isso tornar as coisas esquisitas entre nós, e ele nem quiser mais ser meu amigo? Eu não suportaria se não fôssemos amigos. Socorro! O que devo fazer?

Cansada de Ficar em Casa Enquanto Ele Sai Com Outras Garotas

Querida Cansada
Tenho novidades: vocês dois não são amigos agora. Você não pode ser amiga de alguém por quem está apaixonada. Você tem uma opção: decide que vocês dois não servem para ser um casal ou pergunta na bucha por que ele convidou todo mundo que você conhece para sair, menos você. Ou ele vai murmurar alguma coisa incoe-

rente (e você vai saber que ele não se sente atraído por você) ou dirá: "Eu não sabia que você era interessada em mim!" e convidá-la para sair. De qualquer modo, você terá a resposta.

Annie

Quatorze

A *Operação Retorno* de Betty Ann teve início na manhã seguinte. E já não era sem tempo: Kurt e seus amigos tinham mandado outro bilhete pedindo resgate à sra. Mulvaney. Este era ainda mais capenga do que o anterior. Dizia: *Se a senhora não der nota máxima a TODOS os seus alunos, a cabeça de Betty Ann vai para o lixo.*

A sra. Mulvaney chegou a ficar pálida quando leu em voz alta o bilhete — que tinha encontrado dobrado em sua mesa, no lugar onde Betty Ann costumava ficar sentada. Seus dedos tremiam segurando-o.

Depois disso não falou mais nada a respeito — só o amassou e jogou fora.

Mas eu sabia. Sabia que os caras tinham ido longe demais. O sequestro de Betty Ann havia passado de uma pegadinha engraçada para um ato de crueldade explícita.

E eu não iria deixar isso acontecer nem mais um minuto.

Meu plano entrou em ação durante o quarto tempo de aula, quando eu deveria estar no ensaio do coral. Só que, quando a campainha tocou, em vez de ir para a aula, entrei na sala da orientação educacional e fui falar com a sra. Templeton, assistente administrativa da sra. Kellogg.

— Ora, olá, Jenny — disse a sra. Templeton. — Você tem hora marcada com a sra. Kellogg? Porque não vi seu nome na agenda.

— Não tenho hora marcada — falei. — Na verdade preciso falar é com a senhora.

A sra. Templeton pareceu agradavelmente surpresa.

— *Eu?* Bem, não imagino o que *eu* poderia fazer por você, Jenny...

— Na verdade é meio embaraçoso — falei baixando a voz, como se tivesse com medo de que as pessoas na sala pudessem ouvir. — Espero que a senhora não conte a ninguém. Será que... será que posso contar um segredo, sra. T.?

A sra. Templeton — que adora fofocas mais do que qualquer outro ser humano que conheço, e que provavelmente jamais guardou um segredo na vida, motivo pelo qual a sra. Kellogg pediu que nunca revelasse à sra. T. que sou a Pergunte à Annie — se inclinou à frente.

— Claro que pode — sussurrou ela.

Então contei.

Ah, não contei a verdade, claro... quero dizer, que estava faltando ao ensaio porque tinha abandonado o coral e não pretendia voltar. Ou que sou a Pergunte à Annie. Ou que tinha a sensação ruim de que talvez me sentisse atraída por Scott Bennett.

Em vez disso, o que contei foi que, devido ao estresse de ser a acompanhante de Luke Striker no Baile da Primavera e ter o *Entertainment*

Tonight me acompanhando por tudo que é canto e coisa e tal, eu tinha esquecido a combinação da fechadura do meu armário.

Tinha esquecido totalmente.

— Só isso? — A sra. T. pareceu desapontada. — Bem, posso resolver num instante, querida, não se preocupe.

E então, como eu já sabia, a sra. Templeton pegou um fichário gigantesco onde ficavam registradas as combinações de todos os armários da escola.

— Qual é o número do seu armário, querida? — perguntou a sra. Templeton.

— Trezentos e quarenta e cinco — falei na maior cara de pau, dando não o número do meu armário, e sim o de Kurt Schraeder.

A sra. Templeton não sabia qual era o número do meu armário. Não tinha como saber que estava mentindo totalmente. Falou:

— Bem, sua combinação não é 21, 35, 28?

Anotei rapidamente os números.

— É — falei olhando-os com uma expressão engraçada. — Uau. Claro. Que estranho ter esquecido!

— Bem — disse a sra. Templeton com simpatia —, você passou por muita coisa, querida, puxa, aquele tal de Luke Striker... bom, se eu tivesse ficado com ele tanto tempo quanto você, também esqueceria tudo que sei... em especial o fato de que sou casada!

Ri muito da piadinha da sra. Templeton.

— Essa é boa — falei. — Bem, vou pegar meus livros. Para poder entrar na aula.

— Claro, querida. Ah, aqui, deixe-me escrever um passe para você não se encrencar...

200

Essa foi mole.

Fui rapidamente pelo corredor vazio, ouvindo as vozes dos professores por trás de cada porta por onde passava. *"Alyn mis du sel dans le bol du Michel..." "Se* x *é igual a* y *vezes cinco,* y *deve ser..." "E o congresso disse: 'Bem, não podemos ter um assassinato a cada vez que temos uma eleição, portanto Alexander Hamilton...'"*

Por fim, cheguei ao armário número 345. Girei o botão do segredo e passei a trabalhar.

Esquerda 21.

Girar à direita até o 35.

Olhar para um lado e outro do corredor, garantindo que não vem ninguém. Em especial Kurt Schraeder.

Então alguns pontos de volta à esquerda, 28...

A porta do armário se abriu.

Nada.

Ah, havia um monte de revistas de mulher pelada, livros didáticos, adesivos dizendo *AVANTE GALOS!* e *BLINK 182 É UM SACO*. Um envelope. Uma caixa de camisinhas (legal). E um cheiro extremamente penetrante e não muito agradável.

Mas nada de Betty Ann. Absolutamente nada de Betty Ann.

Arrasada — mas não derrotada —, fechei o armário e fui para a biblioteca, onde me escondi até a campainha do almoço tocar. Nem precisei mostrar meu passe à bibliotecária. Ela não perguntou o que eu fazia ali, em vez de na aula. Porque, você sabe, sou a Jenny Greenley boazinha.

Vou lhe contar, estou começando a achar que talvez haja vantagens nessa coisa de ser a típica menina comum.

Quando a campainha finalmente tocou, eu era uma das primeiras pessoas no refeitório.

E quando Kurt e seus amigos entraram, fui direto até eles.

— Jen? — gritou Vera enquanto eu saía da mesa onde estávamos sentadas. — Aonde você vai?

— Já volto. — Fui depressa pelo corredor até onde Kurt estava parado, na fila da comida, tentando decidir entre salsicha com pimenta ou hambúrguer de peru.

— Kurt — disse eu. — Onde está Betty Ann?

Kurt me olhou de cima a baixo.

— O quê? Ah, é você de novo. Por que essa fixação com aquela boneca idiota?

— Onde ela está, Kurt?

— Relaxa. Está num lugar seguro.

— Onde ela está, Kurt?

Kurt olhou de mim para seus colegas, depois me deu um de seus risinhos.

— Qual é a sua? — perguntou de novo. — Por que vive pegando no meu pé? Primeiro com o negócio da Vera Vaca, agora isso. Puxa, a gente só está tentando se divertir um pouco.

— Só diga se a boneca está bem, certo?

— Ela está ótima. Está no meu quarto, sacou? Agora para de se preocupar com coisas que não são da sua conta e me deixa pegar o almoço, está bem? Ou só vai ficar aí parada?

Saí da frente dele e voltei até o meu lugar.

— Que negócio foi *aquele*? — perguntou Geri Lynn quando me sentei.

— Nada. — Comecei a comer meu sanduíche de salada de atum e notei o olhar de Scott em mim. Mas quando meu olhar encontrou o dele ele virou a cabeça.

De repente não sentia mais fome.

Fiquei ali sentada pacificamente, pensando na súbita falta de apetite — antes estava totalmente esfomeada — enquanto Vera e Kwang faziam um debate animado sobre o mérito dos episódios de Rose McGowan *versus* os dos anos de Shannen Doherty em *Charmed*, quando senti um tapinha no ombro. Virei-me e vi Karen Sue Walters ali parada, com cerca de metade das sopranos dos Trovadores atrás — mas não Trina, notei.

O que, diabos, estavam fazendo fora da sala do coral?

— Só queremos agradecer por ter deixado o coral na mão — disse Karen Sue numa voz muito aguda e sarcástica. — Vamos pensar em você amanhã, quando tirarmos o primeiro lugar no Luers.

Olhei para Steve, para ver se ele sabia de alguma coisa antecipadamente sobre essa pequena emboscada ao meio-dia. Mas ele parecia tão perplexo quanto eu.

Virei-me para Karen Sue para dizer *De nada*, a única resposta concebível para uma declaração dessas, mas não tive chance.

Porque Vera Schlosburg de repente empurrou sua cadeira para trás e se levantou.

Será que posso dizer que, por maior que fosse o busto de Karen Sue, ela estava num nível muitíssimo abaixo de Vera?

— Por que vocês não deixam Jen em paz? — perguntou Vera a Karen Sue e suas amigas. — Não acham que ela já passou por coisas suficientes sem que vocês façam com que ela se sinta pior?

Karen Sue ficou tão aparvalhada que por alguns segundos só conseguiu piscar para Vera, completamente besta. Depois pareceu se recuperar, já que fez "tsk tsk" e disse:

— Ah, certo. Como se eu realmente me importasse com o que *você* pensa, Vera Vaca.

Se ela tivesse dito *Ei! Encontrei um bilhete de loteria premiado!* o silêncio que estrondeou no refeitório depois dessa declaração não poderia ter sido mais profundo. Todo mundo pareceu parar o que estava fazendo e olhar para nossa mesa. Nossa mesa, que durante anos tinha sido um oásis de paz num mar de inquietação e intimidação.

Não sei o que eles estavam esperando. Quero dizer, que eu fizesse. Que me lançasse contra Karen Sue, com as unhas na frente? Uma briguinha no chão do refeitório para diversão deles?

Bem, estavam destinados ao desapontamento.

Não pude evitar um pequeno suspiro. Verdade, será que Luke tinha alguma ideia — quando me fez seu pequeno discurso sobre como pessoas do meu tipo deveriam provocar mudanças sociais — de como poderia ser muito, muito difícil realizar esse tipo de tarefa? Era um projeto sem qualquer fim concebível à vista.

Eu ia dizer a Karen Sue exatamente o que pensava sobre ela ter baixado ao nível dos Kurts do mundo quando fui interrompida de novo.

Mas desta vez por Scott Bennett.

— Sabe de uma coisa? — disse ele, pousando o guardanapo e falando numa voz cansada do mundo. — Isso está realmente começando a me encher o saco. Nós só estávamos aqui curtindo um belo almoço e vocês vieram estragar tudo.

— Este é um país livre — começou a insistir Karen Sue com voz esganiçada.

Mas Kwang — todos os seus 115 quilos — empurrou a cadeira para trás e se levantou.

— Vocês ouviram o cara — disse ele. — Saiam daqui.

As sopranos, com os olhos ficando do tamanho de pratos, espalharam-se como coelhos, correndo em todas as direções possíveis.

E todo mundo no salão voltou ao que estava fazendo antes que as garotas fizessem sua tentativa idiota.

Bem, todo mundo menos eu. Porque meu coração estava muito cheio de agradecimento pelo que meus amigos — meus amigos *de verdade* — tinham feito.

— Vocês — falei sentindo lágrimas pinicando nos cantos dos olhos. — Vocês... isso foi tão legal!...

— Ah, meu Deus — disse Kwang, me olhando horrorizado. — Você não vai chorar, vai?

— Claro que não — disse Geri Lynn, me entregando um lenço de papel. — Não comece a chorar, Jen. Vai fazer com que *eu* comece a chorar também. E hoje não estou usando rímel à prova d'água.

Isso me fez rir. Meus olhos estavam tão cheios de lágrimas que não podia ver o sanduíche de atum. Mas mesmo assim eu ria.

— Mas, afinal de contas, por que você entrou para aquele coral idiota? — perguntou Scott no carro a caminho de casa depois da reunião do *Register*. Eu não tinha ficado muito surpresa quando ele me ofereceu carona de novo.

Apavorada, mas não surpresa.

205

Mas não estava apavorada pelos motivos que você possa pensar. Quero dizer, não era como se pensasse que Scott ia fazer alguma declaração de amor gigantesca em seu Audi nem nada. O que tinha acontecido no almoço naquele dia foi ótimo num certo sentido, mas não tão ótimo em outro. E o sentido não tão ótimo foi Scott me defender — ou, realmente, defender Vera — daquele jeito.

Isso significava que ele realmente, sinceramente, me considerava sua amiga.

E qual é o problema de Scott me considerar sua amiga?

Ele provavelmente não me considerava muito mais do que isso.

Quero dizer, pense bem. Eu considero Luke meu amigo. De jeito nenhum gostaria de namorá-lo. Quero dizer, o Luke.

Então, Scott pensar em mim como amiga? Não era uma coisa lá muito boa.

Porque eu estava meio que tendo a sensação — pela perda do apetite no almoço e as palmas das mãos suadas que eu tinha sentido no carro dele na véspera — que talvez eu gostasse dele mais do que como apenas amigo.

Culpei Trina por isso, assim como a culpava pela coisa dos Trovadores. Porque, se ela não tivesse posto a ideia na minha cabeça havia tantos meses, talvez nunca me ocorresse, agora que Scott e Geri Lynn tinham rompido e ele estava disponível, que eu poderia... que ele poderia... que *a gente* poderia...

Ah, meu Deus. Esquece. Porque não ia acontecer. Então por que me incomodar pensando? Porque mesmo que *começasse* a pensar nele como mais do que apenas um amigo, ele obviamente ainda pensava em mim como a Jenny Greenley boazinha, Pergunte à Annie, a amiga de todo mundo.

O que é ótimo. Na verdade é bom. Significa que posso aceitar carona dele para casa. De modo que é legal.

Então por que estava me sentindo apavorada indo para casa com ele?

Pelo que eu sabia que ia acontecer em seguida.

— Ei, escute — falei quando a placa da Sycamore Hills, a rua onde Kurt Schraeder morava (pelo menos segundo o catálogo telefônico, que listava apenas um endereço com o nome Schraeder, Kurt Schraeder, pai). — Será que a gente pode fazer um pequeno desvio?

— Claro — respondeu Scott. — Onde?

— Vire aqui — falei. — Na placa.

Scott virou e logo estávamos seguindo por uma rua agradável — na verdade não era longe de onde Vera morava — cheia de casas um tanto grandes, ligeiramente novas.

— Você vai me dizer o que está acontecendo? — perguntou Scott acima da voz suave de Aimee Mann no som do carro.

— Vamos fazer um resgate — respondi misteriosamente.

— Um resgate? De quê?

— De Betty Ann Mulvaney.

— Uau — disse Scott, parecendo impressionado. — O que você vai fazer? Invadir a casa e pegá-la? Não deveríamos esperar até escurecer? Ah, acho que Kwang tem uns óculos de visão noturna...

— Muito engraçadinho. Mas não precisamos de óculos de visão noturna. Nem da cobertura da escuridão.

A casa de Kurt — de número 1.532, na Sycamore Hills — surgiu à direita. Era uma impressionante construção em estilo Tudor. O Grand Am de Kurt, fiquei satisfeita em ver, não estava na entrada de veículos.

— Então — disse Scott enquanto parava o carro na entrada e desligava o motor. — E agora?

— Veja e aprenda, amigo — falei, soltando o cinto de segurança. — Veja e aprenda.

Scott me acompanhou subindo a escada até a porta da frente dos Schraeder. Toquei a campainha.

Olha, não vou mentir. Sabe o negócio do veja e aprenda? Cascata. Cascata absoluta. Acho que sou mais gente de teatro do que imaginava.

A verdade é que estava totalmente nervosa. Meu estômago doía. Meu coração corria a um quilômetro por minuto. Minhas mãos estavam totalmente suadas — desta vez não por causa do Scott, mas porque não fazia ideia se meu plano iria funcionar.

Mas, ei, eu sabia de uma coisa: se não tentasse, ele não ia funcionar *de jeito nenhum*.

A porta foi aberta — e eu esperava que fosse — pela irmãzinha de Kurt. O nome dela, eu soube pela medalha do colar, era Vicky. Baixei as mãos até os joelhos (o que foi bom, porque pude enxugar o suor nos *jeans*) para ficar com o olhar ao nível do dela e disse:

— Oi! Você me conhece?

Vicky tirou da boca a ponta da trança que estivera chupando e falou com expressão perplexa:

— Ah, meu Deus! Você é Jenny Greenley! Você é que vai ao Baile da Primavera com *Luke Striker!* Vi você no *MTV News!*

— É, sou eu mesma — falei com modéstia. — Seu irmão Kurt está em casa?

Vicky balançou a cabeça, com os olhos do tamanho de uma bola de vôlei.

— Não. Ele foi ao lago. Com Courtney.

— Ah, não! — falei, tentando parecer desapontada. O negócio de bancar atriz estava ficando cada vez mais fácil. — Bem, ele mandou você me entregar uma coisa? Uma boneca?

Os olhos de Vicky ficaram ainda maiores.

— Quer dizer, Betty Ann?

— É — respondi com o estômago começando a doer menos. — Betty Ann. Veja bem, é a minha vez de cuidar dela. Da Betty Ann. Acho que Kurt esqueceu. Será que você poderia me fazer um favor? Poderia ir ao quarto dele e pegar Betty Ann para mim?

A ponta da trança voltou à boca.

— Eu não tenho permissão de entrar no quarto do Kurt — disse Vicky enquanto chupava energicamente. — Ele disse que se eu fizesse isso de novo ia me dedurar à mamãe.

— Ah, desta vez ele não vai se importar, Vicky. Na verdade, você vai estar fazendo um favor enorme a ele. Porque, veja bem, se eu não levar Betty Ann de volta neste minuto, alguém vai ao diretor da escola contar que foi Kurt que a pegou, e aí ele não irá poder se formar.

A trança caiu da boca de Vicky.

— Alguém ia *fazer* isso?

— Ah, sim — falei, dando uma cotovelada em Scott, que tinha começado a rir. — *Alguém* ia. Então veja bem, você estaria realmente ajudando o Kurt se fizesse esse favorzinho para mim.

— Certo — disse Vicky dando de ombros. — Já volto.

Ela partiu. Quando olhei para o Scott ele balançava a cabeça para mim.

— O que *aconteceu* com você?

— Como assim? — perguntei, meio alarmada.

— Você nunca foi desse jeito. Você era... não sei. Era muito mais interessada em amaciar as coisas do que em agitar.

Não pude acreditar que ele tivesse notado. Quero dizer, que ele estivesse prestando atenção.

Em *mim*.

— Não sei — respondi desviando o olhar, para ele não ver que eu estava ficando vermelha. — Acho que só decidi assumir uma posição.

— Nem diga.

Ouvimos passos correndo e Vicky apareceu com Betty Ann nos braços.

Betty Ann não parecia bem. Seu cabelo de lã estava meio desgrenhado, e parecia haver molho de churrasco no macacão.

Mas estava inteira. A cabeça não fora posta no lixo. Ainda era reconhecivelmente Betty Ann Mulvaney.

— Aí está — disse Vicky entregando a boneca. — Achei embaixo da cama do Kurt.

— Obrigada, Vicky — falei, enfiando Betty Ann embaixo do braço. — Você é a maior.

— E escute — disse Scott a Vicky. — Quando Kurt chegar em casa conte o que aconteceu. Diga que Scott Bennett veio e disse que, se você não entregasse a boneca, alguém iria ao diretor dedurar ele.

— Não. Jenny Greenley — falei rapidamente, dando a Scott um olhar tipo *o que você acha que está fazendo?*

— Não — insistiu Scott me devolvendo o olhar. — Scott Bennett.

— Vou dizer que vocês dois vieram — disse Vicky —, se você achar que me consegue um autógrafo do Luke Striker. Poderia fazer isso, Jenny? Por favooooor?

— Claro — respondi e acenei enquanto descíamos a escada rapidamente até o carro de Scott.

— Por que fez aquilo? — perguntei assim que estávamos em segurança no carro em movimento. — Falar o seu nome desse jeito?

— Porque quando Kurt descobrir o que você fez vai pirar de vez. E se for dar um soco na cara de alguém, acho que pelo menos deve ser na de alguém que tenha condições de devolver o soco.

De repente eu estava contendo as lágrimas de novo. Não podia acreditar. Duas vezes num dia ele tinha vindo galopando ao meu resgate como...

Bem, como Lancelot.

— Ah, fantástico — disse Scott. — Você não vai chorar de novo, vai?

— Não — respondi fungando.

Mas não consegui evitar. O fato de ele estar disposto a sacrificar a própria cara para impedir que a minha fosse arrebentada? Era realmente a coisa mais legal que alguém já fizera por mim. *Tinha* de significar que pensava em mim como algo mais do que apenas uma amiga, não é?

Puxa, não é?

Paramos num sinal de trânsito. De repente, a mão de Scott largou a alavanca de câmbio e ele se inclinou para mim...

Vou admitir. Meu coração deu um pulo. Minha pulsação cambaleou. Achei que ele iria me beijar. Pensei que iria se inclinar bem perto, segurar minhas bochechas manchadas de lágrimas e sussurrar: *Por favor, não chore, Jenny*, e me beijar.

Eu sei! Não sei de onde isso veio! Mas, de repente, estava ali, na minha cabeça.

Meu coração começou a martelar no peito muito mais alto do que o bumbo da bateria nos ensaios dos Trovadores, e a respiração ficou presa na garganta...

Mas, em vez de segurar meu rosto, Scott se inclinou para abrir o porta-luvas. Enfiou a mão lá dentro, tirou alguma coisa e a entregou para mim.

E, não, não era seu anel de formatura nem nada assim.

Era um punhado de guardanapos do Dairy Queen.

— Você vai molhar a boneca toda — foi só o que disse.

Pergunte à Annie

Faça à Annie suas perguntas de relacionamento pessoal mais complexas. Ande, tome coragem! Todas as cartas à Annie estão sujeitas a publicação no *Register* da Escola Clayton. Os nomes e endereços de *e-mail* dos que enviarem as correspondências serão mantidos em segredo.

Querida Annie,
Estamos quase no fim do ano escolar e quero passar o verão como o resto do pessoal. Eu sei — indo ao lago, curtindo no shopping e, você sabe, só dando um tempo. Acho que depois de nove meses amassando a bunda de tanto estudar, mereço um pouquinho de descanso.

O problema é com meus pais. Eles insistem para que eu arranje um trabalho. Dizem que tenho de começar a ganhar dinheiro para a faculdade. Mas não são eles que têm de pagar a faculdade? Por favor, você pode publicar esta carta? Porque sei que meus pais vão fazer o que você disser, porque eles acham, como eu, que você é um estouro.

Curtindo o Sol

Cara Sol
Talvez eu não seja um estouro, mas vou soltar uma tremenda bomba: seus pais estão certos. Ninguém "merece" três meses de férias. Será que seus pais, que prova-

velmente trabalham tão duro durante o ano todo enquanto você estuda, têm três meses de férias? Não.

Tire duas semanas. Depois arranje um trabalho. E vá ao lago ou curta o shopping nos fins de semana. Um dia o dinheiro será útil. Assim como as referências.

Annie

Quinze

No dia seguinte, Betty Ann Mulvaney estava de volta em seu lugar de honra na mesa da sra. Mulvaney.

Minha mãe tinha feito o possível para limpá-la. Conseguiu tirar o molho de churrasco do macacão e nós duas passamos uma hora tentando ajeitar a bagunça no cabelo de lã. Finalmente acabamos fazendo duas tranças e amarrando com uma fita que havia sobrado de uma cozinha estilo campestre que mamãe tinha feito.

O resultado foi que, ainda que Betty Ann não estivesse *exatamente* como antes do sofrimento, pelo menos parecia... bem.

E quando a sra. Mulvaney entrou e viu...

Bem, dava para ver que ela não achou que houvesse alguma coisa errada com Betty Ann.

— *Betty Ann!* — disse a sra. Mulvaney ofegante. Não creio que a sra. M. tenha sequer notado que eu estava junto da boneca, montando guarda. Depois de toda a dificuldade para pegá-la de volta, de jeito nenhum deixaria Kurt roubá-la de novo.

A suposição de Scott — de que nós dois teríamos a cara arrebentada por causa do que tínhamos feito — acabou sendo errônea. Parece que Vicky tinha conseguido passar a parte mais importante da minha mensagem ao Kurt — a parte sobre ele não conseguir o diploma se "alguém" por acaso contasse a verdade sobre o sequestro de Betty Ann ao dr. Lewis.

Consequentemente, Kurt não disse uma palavra quando entrou na sala de latim naquela manhã e se deixou afundar na carteira. Certo, me encarou furioso, ali parada junto à mesa da sra. M., um olho na porta e outro em Betty Ann.

Mas foi só isso que fez.

No fim da aula, quando Kurt passou por mim e saiu da sala sem me dirigir sequer um olhar, fiquei convencida de que Luke estava cem por cento certo: eu *tenho* mais poder do que jamais imaginei.

Muito mais poder, como descobri quando chegou o quarto tempo de aula.

Mas, de volta à sra. M: será que houve uma mudança imediata e contida em seu comportamento assim que viu Betty Ann devolvida, em segurança e — a não ser pelas tranças — praticamente intocada?

Pode apostar que houve. A mulher ficou praticamente descontrolada, de tanto alívio. Sei que parece idiota alguém amar tanto uma boneca, mas a sra. Mulvaney parecia uma pessoa modificada. Não perguntou onde Betty Ann estivera. Não agradeceu pela devolução.

Em vez disso, apenas começou a se divertir conosco outra vez, ensinando expressões que seriam muito mais úteis numa festa de grêmio estudantil — se você encontrasse uma festa onde mais alguém falasse latim — do que nos testes de aptidão. Tipo:

216

Bibat ille, bibat illa,
Bibat servus et ancilla,
Bibat hera, bibat herus,
Ad bibendum nemo serus!

O que significa, basicamente, vamos todos encher a cara.

Eu sei! É chocante!

Mas não tanto quanto o que aconteceu algum tempo depois.

Era sexta-feira. O ônibus que a escola havia contratado para levar os Trovadores ao Luers tinha saído às seis da manhã, e só deveria retornar à noite, se os Trovadores chegassem à final. Será que senti alívio ao ver que teria um dia, pelo menos, sem me preocupar com a hipótese de trombar com o sr. Hall ou Karen Sue? Sim.

Será que estava preocupada porque meu tempo estava acabando e que, cedo ou tarde, teria de me ferrar por ter matado a aula de coral três dias seguidos?

Totalmente. Não podia acreditar que ainda não tinha sido chamada para falar com a sra. Kellogg. O sr. Hall certamente havia me posto como ausente na aula de ontem. Será que a sra. K. achava que era um erro ou algo assim? Quero dizer, a Jenny Greenley boazinha *nunca* mataria aula.

Bom, logo logo ela iria descobrir que não era um erro, eu achava.

De qualquer modo, quando chegou o quarto tempo daquele dia, eu estava na biblioteca — que outro lugar teria para ir? —, fazendo em silêncio o dever de trigonometria, quando de repente alguém se sentou na cadeira ao lado e disse:

— Oi.

Virei a cabeça, e ali estava Trina.

— O que...? — Devo ter piscado mil vezes, mas a imagem diante dos olhos não mudou. Ainda era Trina.

Só que ela não estava no Luers.

E não estava sem falar comigo.

— O que você está *fazendo* aqui? — consegui finalmente pôr para fora. — Perdeu o ônibus?

— Não — disse Trina, pegando o dever de trigonometria. — Eu também saí.

— Você saiu... — Só consegui ficar boquiaberta. — Espere um minuto. Você SAIU dos Trovadores?

Trina me olhou cheia de pena, como se eu fosse meio lenta em compreender.

— É. Saí dos Trovadores. O que você respondeu na número sete, hein?

— Espere um minuto. — Eu estava tendo problemas verdadeiros para entender aquilo. Quero dizer, Trina, a única pessoa que eu achava que poderia me apoiar contra o sr. Hall, não tinha me apoiado. Não dissera uma palavra naquele dia em que joguei a cartola na tuba do Mancini.

E não tinha dito nada ontem também, quando as sopranos tentaram pegar pesado comigo no refeitório.

Mas agora estava sentada perto de mim numa hora em que certamente deveria estar no palco do concurso Bispo Luers, cantando sobre alisar o cabelo e usar sapatos de fivela?

— Você SAIU dos Trovadores? — perguntei suficientemente alto para que a bibliotecária (que ainda não tinha pensado em me perguntar por que eu ficava na biblioteca da escola todo dia durante o quarto tempo e não na aula) levantou a cabeça em sua mesa. Por isso baixei a voz. — Trina, e o seu solo?

— Karen Sue pode fazer — respondeu Trina, virando-se de novo para o dever de trigonometria e dando de ombros.

— Mas... — Eu não podia acreditar naquilo. — Você adora os Trovadores, Trina.

— Não mais. — Então, vendo minha expressão, ela pousou o lápis e disse: — Certo. Olhe. Desculpe. Desculpe ter agido feito uma imbecil naquele dia na sua varanda. E desculpe não ter defendido você na história da cartola. O sr. Hall nunca deveria ter dito aquelas coisas. Eu deveria ter saído com você, mas... bem, ainda estava muito furiosa. Porém, quanto mais pensava nisso, mais furiosa ficava... *comigo*, não com você. Puxa, foi minha culpa, e não sua, a cartola ter caído na tuba. E não é só isso. — Trina respirou fundo. — Você estava certa com relação ao Steve, também.

Pisquei para ela.

— Estava? — Agora eu *realmente* não podia acreditar no que escutava. — *Verdade?*

— É. Ele é um cara ótimo, mas só percebi quando... bem, quando ele me chutou. Dá para acreditar? — Ela soltou um risinho. — *Ele* me chutou. E sinto *falta* dele! Quase tanta quanto sinto de você. Você é uma amiga muito melhor do que jamais fui, Jen. Quero dizer, fui eu que fiz você entrar para o coral. Eu deveria ter avisado sobre as danças. Ou pelo menos ensaiado mais com você. Alguma coisa.

— Tudo bem, Trina — falei, ainda me segurando. Mas por dentro estava dando saltos mortais. Tinha minha melhor amiga de volta. Tinha minha melhor amiga de volta! — Nenhuma quantidade de ensaio daria jeito.

— Bem, provavelmente não — admitiu Trina. — Mas mesmo assim eu deveria ter oferecido. Só fiquei... com ciúme. Sabe? Por causa do negócio do Luke Striker. *Sei* que vocês são só amigos. Acredite, ouvi você dizer isso no noticiário vezes suficientes. Mas não conseguia deixar de pensar... por que ele não quis ser *meu* amigo?

Dei de ombros. Não achava que poderia dizer a verdade... que Luke não quis ser amigo dela porque sabia que ela sentia uma paixonite gigantesca por ele. E que quis ser meu amigo porque... bem, eu começava a achar que era porque ele me considerava um interessante experimento social, e que ele era o cientista louco que fazia a experiência.

Em vez disso, falei:

— Não sei. Os caras são estranhos, acho.

— Não é isso — disse Trina, balançando a cabeça. — Quero dizer, não é *só* isso. O fato é que você é, tipo, uma pessoa boa.

— Trina — falei balançando a cabeça e rindo. — Não sou mesmo. Você estava *lá* quando respondi ao sr. Hall. Você *viu* o que tenho feito ultimamente?

— Vi. E é tudo coisa boa. Quero dizer, eu ia largar meu namorado só para tentar sair com um astro de cinema. O que acha *disso*? Você não somente manteve em segredo a identidade do astro, quando sabia que todo mundo sairia correndo e gritando "Luke Striker! Luke Striker!", como tentou impedir que o resto de nós, você sabe, o transformasse num objeto quando finalmente descobrimos. E aquela coisa que você fez com a Vera. Puxa, não vou dizer que gosto dela nem nada.

220

Mas você teve o trabalho de mostrar a ela como não ser tão cafona e pretensiosa. E agora muito menos pessoas querem matá-la.

— Bem — falei, sem saber se isso era um elogio. — Acho...

— E agora a Betty Ann. — Trina balançou a cabeça para mim. — Não tente negar. A escola toda está falando. Você entrou na casa do Kurt e *pegou* a boneca?

— Bem — falei, me perguntando quando iria puxar o assunto do Scott. Ou se ao menos queria fazer isso. Tudo ainda era novo demais, o que eu estava sentindo por ele... Além disso, sabia exatamente o que Trina iria dizer, se eu contasse. — Não exatamente...

— De modo que, como é que eu poderia ir com aquele pessoal ao Luers? — perguntou Trina dando de ombros. — Quero dizer, depois que você saiu as coisas simplesmente foram de mal a pior. Hall ficou tentando fazer a gente ligar para convencer você a voltar. Mas não porque, sem ofensa, Jen, você seja uma cantora tão boa assim, mas porque ele percebeu que tinha perdido sua única chance de fama... o fato de que a namorada de Luke Striker estava no coral. É, eu *sei* que vocês são apenas amigos, mas é isso aí. E fiquei pensando: *isso é besteira*. Por isso não entrei no ônibus de manhã. É como diz a Pergunte à Annie.

Fiquei meio surpresa ao ouvir meu pseudônimo secreto invocado desse jeito.

— Como diz a Pergunte à Annie? Sobre o quê?

— Você sabe. A vida é curta. Se a gente não tentar coisas novas, nunca vai saber o que consegue fazer melhor. E só se pode abrir tempo para as coisas novas deixando de lado as coisas que a gente *sabe* que não funcionam para a gente.

— Ah — falei, como se nunca tivesse escutado essa. — Acho que é verdade.

— Como assim, você *acha* que é verdade? — Trina pegou seu lápis. — Claro que é. Annie disse. Você ao menos *lê* a coluna dela? Sabe, poderia ser bom para você.

Era bom ter minha melhor amiga de volta. Acho que, nesse sentido, a sra. Mulvaney e eu tínhamos uma coisinha em comum.

Só que, claro, *minha* melhor amiga era capaz de falar.

Só quando a campainha tocou e Trina e eu pegamos os livros e começamos a ir para o refeitório, a bibliotecária nos fez parar.

— Perdão, Jenny — disse ela com um sorriso de desculpas. Ela me conhecia porque pego livros com muita frequência. Tinha lido absolutamente tudo que havia na estante de ficção científica. — Preciso perguntar... sua amiga aí tem passe? Porque, se não, acho que terei de informar que vocês estavam matando aula. Nenhuma das duas está programada para estudo aqui neste período.

Pronto. Apanhadas.

— Pode pôr o nome da gente — disse Trina empolgada. Verdade. Ela estava *empolgada* por ser vista matando aula. — Catrina Larssen, com dois "ss". E você conhece Jen, claro. Nós abandonamos os Trovadores. Sabe, o coral da escola? Acho que eles vão tentar fazer com que a gente volte. Mas se fizerem isso vou mandar minha mãe ligar para a diretoria, porque o sr. Hall está tentando esmagar o espírito desta pobre garota. — Trina me envolveu com o braço. — Isso não é certo, é? Um professor abusar de uma aluna só porque ela não consegue acertar as mãos de *jazz*? Puxa, Jen não pode fazer nada se tem deficiências na área de dança. Seu talento está em outras arenas.

A bibliotecária nos olhou com a boca um tanto aberta. Depois disse:

— Sei. Por que vocês duas não... hã... descem para o almoço agora mesmo, e acho que vamos... vamos simplesmente cuidar disso na segunda-feira.

— Obrigada — disse Trina com seu maior sorriso teatral, o que dava para ser visto até da última fila do auditório. — Até lá.

Fiquei tão, tão feliz porque Trina e eu éramos amigas de novo!

Em especial quando, mais tarde naquele dia, não éramos só Scott e eu fazendo o longo caminho pelo estacionamento até o carro dele depois das aulas. Tínhamos Trina ali, também, já que Scott havia dito "Claro", quando perguntei se ela podia pegar uma carona com a gente depois do ensaio da peça, já que ela e Steve tinham rompido — e que ele, de qualquer modo, estava no concurso Bispo Luers.

Trina não pareceu nem um pouco surpresa quando lhe contei que Scott vinha me levando para casa durante toda a semana. Parecia dar como certo que isso aconteceria, e que não era grande coisa.

O que não creio que Trina tenha percebido exatamente foi que *era* grande coisa. Era uma coisa *enorme*. Porque Scott e Geri tinham rompido. Portanto éramos só eu e Scott no carro. *Sozinhos*.

Mas acho que Trina só achava que Scott e eu éramos amigos. E éramos. Portanto, estar sozinhos juntos em seu carro era perfeitamente normal. E era.

Então por que eu estava me sentindo tão aliviada por Trina ir conosco? Aliviada e ao mesmo tempo... bem, um pouquinho desapontada?

Tanto faz. Eu tinha desistido de tentar analisar meus sentimentos. Havia *muitos* deles ultimamente, por algum motivo.

Estávamos indo para o carro do Steve, só nós três, falando que mal podíamos esperar as férias de verão e o que iríamos fazer — Trina, colônia de teatro; Scott, estágio no jornal local; eu, trabalhar de babá (claro) — quando aconteceu uma coisa totalmente inesperada. Um ônibus gigantesco entrou no estacionamento. Não era um ônibus escolar, intermunicipal nem nada. Parecia um ônibus de turismo. Foi até os fundos da escola e o motor parou.

Atraída pela visão, Trina se imobilizou.

— Ah, meu Deus — falou, olhando o ônibus. — Por que eles voltaram tão cedo? Não deveriam ter voltado tão cedo. A não ser...

Ouvimos o som da porta do ônibus se abrindo. Então, um segundo depois, reconheci a voz do sr. Hall gritando para ninguém sair até que tivessem certeza de ter tirado todas as coisas de dentro do ônibus.

— ...que eles não tenham chegado à final — disse Trina.

E, sem dúvida, uma das pessoas que saíram de trás do ônibus, com a bolsa do *smoking* pendurada no ombro, era Steve, o ex-namorado de Trina. Ele não a notou imediatamente, parada ali olhando-o, porque estava enfiando a mão no bolso dos *jeans* para pegar as chaves do carro.

Então, enquanto Scott e eu ficávamos ali parados olhando, Trina fez a coisa mais surpreendente. Você sabe, considerando que ela e o Steve tinham rompido e tal, e ela havia acabado de me contar como sentira uma raiva assassina por ele a ter abandonado daquele jeito, apenas alguns dias antes do baile mais importante do ano escolar. Só que, como Steve a havia chutado, ela percebeu que ele era sua alma gêmea e que nunca amaria alguém tanto quanto o amava. Nem mesmo Luke Striker.

O que Trina fez foi dizer o nome dele.

Só isso. Só o nome.

Mas o som foi longe, você sabe. Atravessou o estacionamento porque ela vinha exercitando tanto a projeção de voz à noite em seu quarto.

Steve levantou a cabeça e pareceu ficar imóvel com o choque. Trina era claramente a última pessoa que ele esperava ver.

E ele não estava muito feliz em vê-la.

— Ah, *fantástico* — disse ele. A projeção de voz de Steve também não é das mais fraquinhas. Bem, tem de ser boa, você sabe, para ele fazer o galã junto com ela. O Clube de Teatro da Escola Clayton não pode se dar ao luxo de um sistema de som com microfones e coisa e tal. — *Aí* está você.

— Steve — disse Trina outra vez. Mas Steve não a deixou continuar.

— Ah, não — interrompeu ele erguendo uma das mãos, a que estava com as chaves do carro, para impedi-la quando ela deu um passo em sua direção. — Não, nem vem. Você faz alguma ideia do que passei nas últimas dez horas? Tive de entrar nesse ônibus às seis da manhã. Seis, Trina. Com um punhado de sopranos cantando "Motorista, motorista, olha o poste" em harmonia de duas vozes. De *madrugada*!

Scott e eu ficamos olhando fascinados enquanto Steve apontava o dedo na direção de Trina. Eu nunca tinha visto o pomo de adão de Steve subir e descer tanto.

— E *por quê?* — perguntou Steve, aparentemente a ninguém em particular. Ou talvez a todos nós. — Porque minha *ex-namorada*

225

me implorou. Implorou que eu entrasse na porcaria do seu coral. E eu entrei. E depois descobri... tarde demais, claro, porque já estava na porcaria do ônibus... que minha *ex-namorada* nem se incomodou em aparecer. Por isso tive de ficar sentado naquele ônibus por *três horas* antes de subir no palco e ficar ali parado usando um *smoking* alugado, como um panaca absoluto, cantando sobre meus *sapatos de fivela* na frente da porcaria da *Miss Kentucky*. Que achou a gente uma boa bosta, por sinal. Bem, sabe de uma coisa, Trina? *Eu estou fora*.

E, para enfatizar o argumento, Steve jogou a bolsa com o *smoking* no asfalto. Depois pisou em cima.

— *Estou fora!* — gritou. Um monte de outros Trovadores tinha saído de trás do ônibus e, ouvindo aquela agitação, estavam parados olhando Steve e Trina, como nós. Vi Kwang com seu Palm Pilot, Jake Mancini com sua tuba e Karen Sue Walters parecendo meio perplexa com aquilo tudo, o vestido de vermelho com lantejoulas pendurado num cabide.

O sr. Hall também estava ali, com uma expressão de horror sem disfarces no rosto enquanto olhava seu melhor barítono estragar o *smoking* Deluxe alugado.

— *Estou fora!* — gritou Steve. — Chega de peças. Chega de musicais. E chega de coral, Trina. Acabou. Estou cheio de me inscrever em coisas só para deixar você feliz. Vou fazer o que eu queria desde o início. — Ele parou de pisar no *smoking* e a encarou furioso, o peito arfando. — No ano que vem vou entrar para o time de beisebol.

Todas as cabeças no estacionamento — inclusive a minha — giraram para Trina, para ver qual seria a reação dela.

O desempenho de Trina não desapontou. Ela não fora a protagonista com Steve em todas aquelas peças à toa. Sacudiu os cabelos compridos e sedosos e estendeu os braços.

Depois disse:

— Tudo que você quiser, neném. Eu amo você.

E Steve, com um grito abafado que parecia tão cheio de frustração quanto de adoração, agarrou-a e cobriu a boca de Trina com a sua...

...para satisfação de todo mundo na plateia... com a possível exceção do sr. Hall, que girou e partiu para seu carro sem dizer outra palavra a ninguém.

Depois disso ficou bastante óbvio que Trina não iria para casa comigo e Scott. O que estava bem. Fiquei meio pasma com a demonstração de paixão violenta que tinha acabado de testemunhar. Não via um beijo assim desde... bem, nunca.

Acho que não foi igualmente chocante para o Scott. Você sabe, depois de todos aqueles corações na agenda de Geri Lynn. Porque ele ainda parecia capaz de fala humana.

— Então, Jen — disse ele enquanto virávamos na minha rua. — Quanto a você e o Luke...

— Somos apenas amigos. — Isso, pelo menos, eu podia dizer. Puxa, tinha treinado o suficiente.

— É. Eu sei. Quero dizer, sei que é o que você diz à imprensa. Mas, bem. Aqui sou eu.

— Somos apenas amigos — falei de novo. Mas desta vez de modo diferente. Porque tinha virado a cabeça para ele. E dava para ver que não tinha sido uma pergunta casual. Scott queria mesmo saber.

— Eu *sei* — disse Scott. Ele parecia... não sei. Por um segundo achei que ele parecia meio... com raiva.

Só que, por que Scott estaria com raiva de mim? O que *eu* fiz?

— Mas... é verdade — falei, não sabendo o que mais dizer.

— É — disse Scott em voz diferente. — Eu sei.

E nesse momento paramos diante da minha casa. E o amontoado usual de repórteres baixou sobre o carro de Scott, todos apontando microfones para a janela do carona... a minha janela.

— *Srta. Greenley? Srta. Greenley, é verdade que vai coestrelar o próximo filme de Luke Striker?*

— Scott — falei de novo, preocupada. O que havia de *errado* com ele?

Mas talvez eu só tivesse imaginado a coisa de ele estar furioso comigo. Porque, um segundo depois, Scott sorriu e disse:

— É melhor você correr enquanto são só uns trinta ou quarenta aí fora.

Ri da piada dele. Meio debilmente.

— Certo. Ah. Vejo você.

— Certo — disse ele. — Vejo você na segunda.

Vejo você na segunda. Certo. Porque no dia seguinte eu ia ao Baile da Primavera com Luke. E Scott não. Portanto eu só iria vê-lo de novo na segunda. Por que essa percepção me fez sentir como se alguém tivesse enfiado a mão no meu peito e arrancado o coração?

Ainda estava me sentindo assim quando o telefone tocou mais tarde, e era Trina, falando sem parar que, afinal de contas, ia ao Baile da Primavera, e que eu deveria ver seu vestido... ela finalmente tinha conseguido convencer a mãe a deixá-la usar preto.

— Ah — foi só o que pude dizer.

Trina não pareceu notar minha incapacidade de fala.

— Então, qual é a do Scott, afinal? — perguntou Trina.

Meu peito apertou de repente. Ela havia notado. Trina havia notado. Que eu acho que talvez goste do Scott. Ah, não. Ela havia notado.

— Como assim? — perguntei ansiosa.

— Bem, quem é essa garota de quem Geri diz que ele gosta?

Meu coração deu um salto mortal no peito, provando que não tinha sido arrancado, afinal de contas.

— Garota? Que garota?

— Você sabe. Uma garota misteriosa de quem Scott gosta, segundo Geri. Bem, você já ouviu Geri falando disso.

Era verdade, eu tinha ouvido. Mas vinha tentando com todo o empenho desconectar. Porque não queria saber que o Scott gostava de outra garota.

Outra garota que não eu.

— Bom — disse Trina. — Não seria engraçado se a garota por quem Scott está apaixonado fosse *você*?

— É — falei apertando o telefone com tanta força que fiquei surpresa por ele não saltar da minha mão e sair voando pelo quarto.

— Não, sério — disse Trina. — Quero dizer, ele dá carona a você todo dia. E vocês gostam dos mesmos livros, você sabe, esses livros sobre o fim do mundo. Não seria muito doido se Scott estivesse secretamente apaixonado por você?

— Scott não está apaixonado por mim — falei com tristeza. *Vejo você na segunda*. É, não é o que um cara diz quando está apaixonado por nós.

229

— É, provavelmente você está certa — disse Trina sem dar muita importância. — Além do mais, você tem o Luke.

— Luke e eu somos apenas...

— Ah, meu Deus, já saquei.

Só que não tinha sacado. Ninguém sacava.

E eu menos do que todo mundo, pelo que estava começando a pensar.

Pergunte à Annie

Faça à Annie suas perguntas de relacionamento pessoal mais complexas. Ande, tome coragem! Todas as cartas à Annie estão sujeitas a publicação no *Register* da Escola Clayton.
Os nomes e endereços de *e-mail* dos que enviarem as correspondências serão mantidos em segredo.

Querida Annie,

Leio sua coluna toda semana e acho que você dá conselhos horríveis. Você disse àquela garota cuja madrasta só procurava por sua alma imortal para não ficar tão preocupada com o inferno... que ela já estava nele.

Annie, o ensino médio não é o inferno. O ensino médio deveria significar alguns dos melhores anos da vida de uma pessoa. E para qualquer um que frequente a igreja regularmente e fica longe do sexo, das drogas, do álcool e do rock, pode ser mesmo.

São pessoas como você, Annie, que arruínam o ensino médio para todo mundo, defendendo o amor livre e o satanismo.

Adolescente Ultrajada

Cara Ultrajada

Como você sabe que eu adoro Satã? Você não sabe nada sobre mim.

E por acaso concordo com você com relação às drogas e ao álcool e — com a exceção do sexo seguro — com relação ao negócio do sexo também.

Mas rock? De jeito nenhum, camarada. O rock é que manda, sempre mandará.

Annie

Dezesseis

Dizem que o segundo dia mais importante na vida de uma mulher é o do baile que marca o final do primeiro ano do ensino médio.

Bem, certo, provavelmente o nascimento do primeiro filho esteja lá em cima, em alguma parte, também.

Mas você já sacou o que quero dizer.

Passei o meu — o dia do meu baile — fazendo todos os preparativos que toda garota faz. Você sabe, pés e mãos, a depilação com cera (*argh*), a escova no salão de cabeleireiro.

Claro, eu era a única garota nos Estados Unidos que, enquanto se preparava para o baile da escola, tinha uma falange de repórteres acompanhando-a por todo canto, tentando tirar fotos da garota que ia ao baile com o queridinho da América descolorindo os pelos do lábio superior. Muito obrigada pessoal. Não muito.

Era meio chato, mas, ora, eu tinha prometido a um amigo que iria ao Baile da Primavera com ele. Tinha uma dívida para com ele: ficar com a melhor aparência possível.

E quando me enfiei no vestido — de cetim azul coberto com uma camada de *chiffon*, com manguinhas fofas de *chiffon* e pequenos miosótis de *chiffon* em volta da barra... o vestido mais menininha que você já viu — achei que realmente estava com a melhor *aparência* possível. O cabeleireiro tinha ajeitado minhas madeixas, ainda não totalmente crescidas, com um prendedor que tinha até mesmo miosótis azuis de verdade, como os de mentira ao redor dos meus pés.

Trina havia ligado para mim e combinado de nos encontrarmos no quintal da frente, para posar para fotos juntas, para os nossos pais. O fato de que todos os programas de variedades, desde o *Access Hollywood* até o *Rank,* tinham um furgão parado diante da minha casa para capturar o momento em que Luke parasse com sua limusine não pareceu abalar Trina nem um pouco.

Encontramo-nos conforme o combinado, perto de um carvalho enorme no meu quintal da frente, e começamos a admirar uma à outra, ao mesmo tempo que ao redor as câmeras — não somente as dos nossos pais — zumbiam.

Trina havia convencido sua mãe a deixá-la ir estilo Gótico Village ao Baile da Primavera. Tinha aberto mão do batom preto, mas ainda conseguiu encontrar meias-arrastão pretas, que usava com tênis pretos. O vestido era um negócio de gaze preta saído direto das páginas do número da *Seventeen* dedicado aos bailes de formatura...

...mas tinha posto um bustiê preto por cima, de modo que seus seios não indignos de nota erguiam-se a altitudes impressionantes acima da linha do pescoço.

Não dava para ver quem teria mais probabilidade de sofrer um ataque do coração ao vê-la, Steve ou o dr. Lewis.

— Não acredito que convenceu sua mãe a deixar você usar isso — disse eu.

— Não acredito que deixou sua mãe convencer *você* a usar *isso* — disse Trina

— Odiosamente tradicional. Eu sei.

— Mesmo assim. Você está ótima — disse Trina.

— E você também. — E estava mesmo. Fiquei mais feliz do que nunca por sermos amigas de novo.

Ouvimos a limusine chegando muito antes de vermos, porque os fotógrafos que tinham subido em árvores ao redor da rua, esperando conseguir uma foto nítida de Luke prendendo a flor no meu pulso, começaram a gritar empolgados uns para os outros.

— Ele vem aí! Ele vem aí!

Até eu — que não parecia capaz de juntar o tipo de entusiasmo que, digamos, Trina sentia pelo momento — senti uma certa empolgação. Ah, bem. Eu não ia ao Baile da Primavera com alguém que eu amava, verdade.

Mas pelo menos ia ao Baile da Primavera.

Então a limusine surgiu, a mesma preta e comprida na qual eu tinha ido até a casa de Luke, no lago. Trina apertou minha mão, empolgada, quando o veículo parou diante da minha casa, o motorista saiu e abriu a porta do lado do carona.

Cada fotógrafo — cada cinegrafista, cada pai e mãe das vizinhanças — levantou a máquina para tirar uma foto de Luke saindo da limusine, como Lancelot no cavalo branco abaixando-se para pegar Guinevere e impedi-la de ser queimada na fogueira.

Mas a pessoa que saiu da limusine não foi Luke Striker. A pessoa que saiu, segurando uma flor de colocar no pulso e acenando para todos os fotógrafos era nada mais e nada menos do que...

Steve McKnight.

Isso mesmo. Steve McKnight, o namorado e companheiro de Trina para o Baile da Primavera, em seu *smoking* dos Trovadores (mas tinha trocado a gravata-borboleta e a faixa vermelhas por outras pretas).

Os repórteres suspiraram — alguns até vaiaram — e voltaram à tocaia.

Mas Trina ficou absolutamente deliciada.

— Não acredito que você alugou uma limusine — guinchou ela enquanto Steve prendia o pequeno buquê em seu pulso — cravos que, como Trina havia instruído, ele havia deixado durante a noite num frasco de tinta preta, de modo que as pétalas brancas estavam agora tingidas de negro. — Deve ter custado uma fortuna!

— Ah — disse Steve, parecendo meio sem graça. — Na verdade, não.

— Seus pais pagaram? — perguntou Trina enquanto os dois posavam para fotos diante da mãe e do pai de Trina, empolgados.

— Ah — disse Steve. — Na verdade quem pagou foi o Luke Striker.

Trina congelou.

E não foi a única.

— *Luke* pagou? — Trina me olhou, preocupada. — O que... por quê?

— Não sei — disse Steve, dando de ombros sem jeito. — Ele disse que não precisava mais dela.

— Não... — O olhar que Trina me lançou ficou mais cheio de pena. Ela percebeu antes de mim o que estava acontecendo. Ou pensou ter percebido, pelo menos. — Ah, Jen. Olha, não importa. Não importa. Você pode ir conosco. Vamos curtir de montão. Não é, Steve?

— Claro — disse Steve. — Claro.

Eu ainda não estava entendendo. Então Luke tinha dado sua limusine ao Steve? Grande coisa. Isso não significava que Luke não viria.

Luke não iria me dar o bolo. Não na frente de todos aqueles repórteres. Afinal de contas, o que eu tinha feito para merecer um tratamento assim? Só tinha sido sua amiga. Guardado seu segredo.

TRANSFORMADO A ESCOLA CLAYTON DE UM LUGAR CHEIO DE ANGÚSTIA E ANTAGONISMO NA ESCOLA CALO-ROSA E ABERTA QUE ERA ATUALMENTE, TUDO POR ELE.

— Ah, querida — disse minha mãe, vindo me abraçar. Os fotógrafos, começando a perceber o que tinha acontecido, levantaram as câmeras para conseguir uma imagem daquilo. Dava para ver as manchetes no dia seguinte.

QUERIDINHO DA AMÉRICA DÁ O BOLO EM JEN! O AMOR DE MÃE É O ÚNICO BÁLSAMO PARA A DOR DE COTOVELO DE JENNY! AQUELE RATO IMUNDO!

Mas antes que minha mãe tivesse chance de dizer qualquer palavra de consolo em que houvesse pensado, um grito se ergueu do topo das árvores.

E a próxima coisa que vi foi um cara de *smoking* parando na frente da limusine do Steve... de moto.

Uma Harley, nada menos do que isso.

— Ei — disse Luke tirando o capacete preto. — Desculpe o atraso.

O quintal se iluminou com *flashes*. Repórteres gritavam:

— Luke! Luke! Olhe para cá, Luke!

Luke os ignorou completamente. Foi direto até o meu pai e estendeu a mão direita.

— Sr. Greenley. Sou Luke Striker. Vim aqui para levar sua filha ao Baile da Primavera.

Meu pai, acho que pela primeira vez na vida, parecia não saber o que fazer. Por fim apertou a mão de Luke.

— Como vai? — perguntou ele.

Então pareceu se recuperar. Disse:

— Você espera levar Jenny ao baile formal *naquilo*?

— Não — disse minha mãe balançando a cabeça. — Absolutamente não sem capacete.

— Há um capacete extra embaixo do banco, sra. Greenley — disse Luke, segurando a mão dela e apertando também. — E juro que vou trazê-la de volta à meia-noite.

Dei-lhe uma cotovelada.

— Quero dizer, uma hora — disse Luke.

— Eu ligo se for chegar mais tarde — falei, e segurei Luke pelo braço. — Tchau.

— Espere! — gritou minha mãe. — Não tiramos uma foto!

Mas minha mãe não precisava se preocupar. Porque todos os

periódicos dos Estados Unidos — talvez com a exceção da *National Geographic*, que parecia não ter mandado um representante — fizeram uma foto de Luke me ajudando a colocar o capacete extra por cima do arranjo de cabelo. De Luke me ajudando a subir na garupa da moto sem sujar a saia de graxa, e de Luke enrolando minha saia em volta das pernas para não prender nos aros da roda e não me estrangular nem me arrastar para a morte. De Luke acenando enquanto pisava no acelerador. De eu agarrando a cintura de Luke como se precisasse salvar a vida.

E de nós dois partindo pela rua o mais rápido possível sem ultrapassar o limite de velocidade ou — pior — sem preocupar meus pais.

— Espero que você não se importe — disse Luke mais tarde, depois de termos parado na frente do Clayton Inn, onde fomos recebidos por mais repórteres... os que tinham conseguido vir mais rápido do que a gente, e não eram muitos. — Por causa da moto, quero dizer.

— Tudo bem. — Na verdade eu tinha gostado. Nunca havia andado de moto. Garotas boazinhas como eu em geral não são convidadas para andar. — Mas achei que você queria uma experiência típica de baile de escola. E chegar numa Harley? Odeio dar a notícia, Luke, mas isso não é muito típico.

— Bem — disse Luke, estendendo a mão para ajeitar uma das flores do meu arranjo de cabelo. — Sempre gosto de fazer uma grande entrada. Ah, quase esqueci.

E debaixo do banco da motocicleta ele pegou uma caixa de plástico transparente, dentro da qual havia um pequeno buquê feito de rosas brancas e gipsófilas.

— Ah, é lindo. — Então me lembrei da flor de lapela que tinha deixado na geladeira. — Esqueci a sua em casa!

— Nós *não* vamos voltar lá — declarou Luke, habilmente prendendo o buquê logo acima do meu coração. — Vou sobreviver sem isso.

Então me ofereceu o braço.

— Madame. Vamos dançar?

— Desde que não tenhamos de usar mãos de *jazz*.

— Não tema. Liguei antes para verificar. Este evento é comprovadamente livre de mãos de *jazz*.

Depois dessa garantia, segurei o braço de Luke e nós dois deslizamos para dentro do Clayton Inn — com *flashes* espocando ao redor e repórteres — para não mencionar os moradores de Clayton, que tinham se apinhado na entrada para ter uma chance de ver seu astro predileto e a acompanhante dele para a noite — gritando os nossos nomes.

Não quero que você tenha a impressão errada. Que o Baile da Primavera é divertido ou algo assim. Quero dizer, mesmo que você vá com o astro adolescente mais popular dos Estados Unidos — talvez até do mundo — o Baile da Primavera ainda é meio que um saco.

É verdade que você vê todo mundo da escola com aparência melhor do que nunca.

Mas, sabe, ainda são pessoas que você vê todo dia na escola. Só mais brilhantes. E talvez, você sabe, mais limpas.

Para mim a coisa não era nem pela metade tão ruim quanto para *algumas* garotas. Havia *algumas* garotas que você sabia que estavam destinadas a se dar mal. Tipo Karen Sue Walters, por exemplo. Tinha arrastado um dos tenores para acompanhá-la. Um dos tenores que, todo mundo na escola sabia, babava completamente por Luke Striker. O tempo todo em que dançavam, o acompanhante de Karen Sue ficava olhando apaixonado na direção das calças de Luke.

Na verdade era meio divertido.

O que foi realmente a melhor parte do Baile da Primavera. Você sabe, a parte em que a gente curtiu a respeito. Por acaso Luke era realmente bom nisso. Todos nos sentamos à mesma mesa: eu, Luke, Trina, Steve, Liz Entediada e seu acompanhante (um cara do time de futebol. Não pergunte.), e Brenda Durona e seu acompanhante — um cara surpreendentemente legal, de fala mansa, chamado Lamar. E nos divertimos falando da comida, da música e, finalmente, de todo mundo que estava ali.

O baile só começou quando a comida foi retirada. Então todo mundo foi para a pista... inclusive eu e Luke. Falei a Luke que só podia dançar as lentas — ainda estava sofrendo de síndrome de estresse pós-traumático devido à experiência com os Trovadores — e ele disse que entendia.

Por acaso Luke era um dançarino fantástico... grande surpresa, certo? Era tão bom que quase compensou eu ser tão horrível. Nossos joelhos só colidiram cerca de meia dúzia de vezes, e acho que eu só o chutei uma.

Não sei o que Luke estava pensando enquanto me segurava durante as danças lentas. Só posso falar do que eu estava pensando.

Ou de em quem, na verdade.

E... bem, não era no Luke.

Eu sei! Fui realmente medonha. Devo ser a garota mais ingrata da história dos tempos. Puxa, ali estava eu, com um acompanhante fantástico — *realmente* fantástico — no Baile da Primavera, o cara que tinha se esforçado para tornar o Baile da Primavera tão divertido para mim quanto o Baile da Primavera poderia ser — ou pelo menos quanto um Baile da Primavera aonde você ia com alguém em quem não estava interessada em termos românticos — e eu não conseguia deixar de pensar em outro!

Era patético, sem dúvida.

Mas não tão patético quanto minha reação um minuto depois quando vi, logo além do ombro de Luke, uma figura familiar com um vestido justo, decotado, cor de pêssego claro.

Geri Lynn! O que Geri Lynn estava fazendo no Baile da Primavera? Será que poderia ter arranjado um acompanhante tão pouco tempo depois de romper com Scott?

De jeito nenhum. Eu teria ouvido falar.

O que só podia significar uma coisa.

Levantei a cabeça do peito de Luke e comecei a olhar em volta. Ele tinha de estar por ali, em algum lugar. Quero dizer, se Geri estava...

Senti Luke dar um risinho no fundo do peito.

— Relaxe, Jen. Ela veio sozinha.

Fingi não saber do que ele estava falando. O que mais eu podia fazer?

— Quem? — perguntei.

— Você sabe de quem estou falando.

Na iluminação romântica — na verdade apenas transparências roxas postas sobre as luzes normais do salão de recepções e uma daquelas grandes bolas de espelhos, de discoteca... que Luke jurou que não tinha visto em lugar nenhum desde o baile de formatura de seu personagem em *Deus nos ajude* — seu rosto ainda parecia incrivelmente bonito.

E ainda que, à meia-luz, não desse para dizer se seus olhos eram azuis, dava para ver que seu olhar estava fixo no meu, com um jeito direto e desconcertante.

— Estou sacando você, Jen Greenley — disse ele.

Franzi a vista para ele.

— O quê?

— Estou sacando você — repetiu Luke. — Não só isso. Eu saco você completamente. Você é a Annie, não é?

Quase engasguei.

— O... o quê?

— Você é a Pergunte à Annie, do jornal da escola.

Pisquei. Não podia acreditar que ele até sabia quem era a Pergunte à Annie.

E que estava falando isso *agora*. No *Baile da Primavera*.

— Está brincando? — respondeu ele quando mencionei isso. — Todo mundo fala sobre ela. Pergunte à Annie diz isso. Pergunte à Annie diz aquilo. Você é tipo a psicóloga não oficial da escola.

Preciso admitir que ouvir isso me deu uma sensação agradável, como cócegas. Eu *adoraria* totalmente ser a psicóloga da escola. Se fosse, a primeira coisa que faria seria abolir o comparecimento obrigatório às reuniões de torcida organizada. Quero dizer, como você pode se sentir bem esmagando o oponente? Era errado demais. Seu oponente não iria se sentir mal por perder? Era simplesmente errado demais. Este era o único motivo para eu nem ir aos jogos. Mal podia olhar a cara dos times que perdiam. Era *triste* demais.

A segunda coisa que eu aboliria? O Baile da Primavera.

— Mas não sei por que é um grande segredo — disse Luke.

Desisti de fingir. Ele sabia. Eu simplesmente teria de lidar com isso.

— Ah — dei de ombros. — Isso é fácil. Porque se as pessoas soubessem quem era a Pergunte à Annie não confiariam necessariamente na neutralidade dela.

— Você acha que é isso? Neutra?

Ele estava brincando? Não sabia que eu era — pelo menos antigamente — a pessoa mais neutra do planeta?

Tinha de ser brincadeira.

Não era.

— Porque não notei você agindo com tanta neutralidade ultimamente — continuou ele. — Quero dizer, aquele negócio com a Vera...

— Ela precisava da minha ajuda — interrompi. Quero dizer, isso deveria ser óbvio para ele.

— E o negócio dos Trovadores?

— Os Trovadores não eram para mim — falei. — Dãh.

— E Betty Ann? Quando você arruinou a pegadinha do último ano. Isso foi neutro?

— Ah, bem, isso...

Então soltei os braços do pescoço dele e dei um passo atrás, para olhá-lo... olhá-lo *de verdade*.

— Ei. Como você soube sobre a Betty Ann? — Estreitei os olhos para ele. — Steve contou?

— Não foi o Steve. Mas, como eu disse, tenho minhas fontes.

Ao redor de nós a música havia parado. O dr. Lewis e Doce Lucy, que — infelizmente — eram os nossos vigias para a noite, subiram ao tablado na extremidade do salão. O dr. Lewis bateu no microfone na frente do tablado.

— Testando — disse ele, e soprou no microfone. — Testando. Um. Dois. Três.

— Deixe-me fazer uma pergunta — disse Luke pegando minha mão. — E não quero neutralidade. Quero Pergunte à Annie, que é tão neutra quanto nitroglicerina. Quero realmente saber o que você pensa disso.

— Hã, olá, todo mundo, bem-vindos ao Baile Anual da Primavera da Escola Clayton — leu o dr. Lewis ao microfone, olhando um cartão.

— Manda ver — falei ao Luke.

— Certo. Digamos que haja um cara. Que por acaso gostava de uma garota...

— Não quero atrasar a festa de vocês — disse o dr. Lewis. — Portanto, vamos ao ponto. Foram contados os votos para o rei e a rainha do Baile da Primavera deste ano.

— ...e digamos que, por algum motivo, não importando qual seja, a garota tenha decidido romper com o cara — continuou Luke. — Quanto tempo você acha que ele teria de esperar antes de poder partir para... outra pessoa? Você sabe, sem se arriscar a ser acusado de estar apenas se vingando?

— Não sei.

O que o Luke estava falando? De *quem* Luke estava falando? Quem tinha sido chutado por uma garota ultimamente? Ninguém que eu soubesse.

E subitamente minhas mãos — inclusive a que Luke estava segurando — começaram a suar. Vi que Geri Lynn tinha nos notado. Ela acenou alegre. Scott definitivamente *não* estava com ela. Poderia estar em outra parte do salão... mas não com Geri.

Seria *disso* que Luke estava falando? Quero dizer, do Scott? Scott havia sido chutado recentemente...

Tinha de ser dele que Luke estava falando. Do Scott. Do Scott Bennett. Scott tinha pedido ao Luke para perguntar quanto tempo ele teria de esperar antes de falar com a garota misteriosa, a de quem ele gostava... Claro que sim! Ele certamente não poderia perguntar à Annie. Pelo menos sem que eu soubesse que era ele. Por isso pediu ao Luke.

— Como vocês sabem — estrondeou o dr. Lewis ao microfone —, havia uma mesa no refeitório durante toda a semana, onde vocês podiam votar para o rei e a rainha do Baile da Primavera. Bem, esses votos foram contados e fico feliz em dizer que temos os vencedores!

— Vencedores, não — interrompeu Doce Lucy às pressas. — Todo mundo aqui é vencedor. O dr. Lewis quis dizer que temos nosso rei e nossa rainha do Baile da Primavera.

— Sim — disse o dr. Lewis. — Sim, é isso que eu queria dizer. E o rei e a rainha do Baile da Primavera da Escola Clayton são... Minha nossa. Bem, isso é meio incomum. Um dos... bem... um dos membros do casal real não é exatamente... quero dizer, não estuda exatamente na escola Clayton...

— Acho — falei ao Luke ao mesmo tempo que Geri Lynn vinha direto para nós. — Acho que ele deveria esperar. Acho que ele deveria esperar um tempo realmente, *realmente* longo. Porque, você sabe, ele não iria querer fazer as coisas com pressa. A garota certa poderia estar ao lado, você sabe. Talvez até mais perto do que ele acha. E ele deveria esperar até ter *toda a certeza* de que a encontrou...

— Era o que eu esperava que você dissesse — respondeu Luke.

Então largou minha mão, virou-se e pegou Geri Lynn nos braços.

— Olá, neném — disse a ela.

E beijou-a.

Nos lábios.

E não parou de beijá-la, mesmo quando o dr. Lewis disse ao microfone:

— Ah, bom! Tenho o prazer de dizer que ele é um Galo honorário da Escola Clayton. O rei e a rainha do Baile da Primavera deste ano na Escola Clayton são... *Luke Striker e Jenny Greenley!*

Pergunte à Annie

Faça à Annie suas perguntas de relacionamento pessoal mais complexas. Ande, tome coragem! Todas as cartas à Annie estão sujeitas a publicação no *Register* da Escola Clayton. Os nomes e endereços de *e-mail* dos que enviarem as correspondências serão mantidos em segredo.

Querida Annie,
Eu o amo. Ele não sabe que eu existo. O que faço agora?
 Desesperada

Querida Desesperada
Quando você descobrir, será que pode me dizer? Porque não faço a mínima ideia.

Annie

Dezessete

— *É só que, depois* de Angelique me deixar, eu tinha tanta certeza de que nunca mais amaria de novo... — disse Luke enquanto dançávamos sob o refletor. — Então conheci Geri Lynn e... não sei. Não foi amor à primeira vista nem nada. Juro. Aconteceu aos poucos.

Certo. Aos poucos, num período de menos de duas semanas — a maior parte das quais ele passou em Los Angeles.

— Sei que nós somos totalmente diferentes — continuou ele, provavelmente o primeiro rei do Baile da Primavera da Escola Clayton a passar toda a dança com a rainha falando em vez de dando um amasso, como um cara normal. — Quero dizer, ela quer ser *repórter*. E você sabe que odeio o pessoal da imprensa que fica sempre em cima da gente. Mas algumas coisas que ela falou naquele texto, você sabe, os prós e contras que Scott pediu para a gente escrever, me fizeram pensar. Ela não é como as outras garotas, você sabe. Não tem medo de falar o que pensa.

E olha se não era verdade!

— Pode haver algo verdadeiro no fato de que nós, celebridades, precisamos da mídia. E, claro, a mídia precisa de nós. É um relacionamento simbiótico. Eu nunca tinha pensado muito nisso. Mas Geri *me fez* pensar. É disso que gosto tanto nela. Ela me faz pensar, sabe? Quando ela me deu o número do telefone, naquele dia no lava a jato, eu não ia ligar. Mas então... não sei. Pensei que tinha sido meio grosso com você naquele dia, na casa do lago. Você sabe, o negócio do molho especial. Por isso liguei para Geri e pedi para ela ficar de olho em você... para me ligar se você estivesse tendo problema com os repórteres ou algo assim. Achei que ela saberia se eles estavam pegando pesado com você. Comecei a ligar para ela umas duas vezes por dia, só para falar de você... e logo, você sabe, paramos de falar em você... para falar nela... para falar em mim e nela... Bem, você sabe como é.

Ah, eu *definitivamente* sabia como é. Geri Lynn é totalmente especializada em tirar garotos debaixo do meu nariz.

Não. Isso não era justo. Eu nunca quis o Luke.

E estava feliz por ele. Verdade. Por ele e por Geri Lynn. Eles formavam um belo casal. Ele era totalmente lindo; e Geri também. Era só um ano mais velho do que ela, afinal de contas. E ela ia para a faculdade em Los Angeles, onde por acaso Luke morava.

Certo, Geri ia se formar em jornalismo e por acaso Luke não gostava tanto de jornalistas. Mas Geri não parecia gostar muito de "gente de teatro". De modo que talvez os dois estivessem empatados.

Tanto faz. Por que eles precisavam da *minha* bênção?

— Só que você é incrível demais — continuou Luke, com as joias falsas de sua enorme coroa de rei do Baile da Primavera piscando sob o refletor. — Verdade, incrível mesmo, Jen. O que você fez, em apenas uma semana, naquela escola... é incrível. Geri acha que você deveria concorrer a presidente do corpo estudantil no ano que vem. Eu concordo totalmente.

— Não sei. Não me interesso muito por política.

— Bem, interesse-se. Porque tem um talento natural. Pelo menos prometa que vai pensar nisso.

— É — falei principalmente para tirá-lo do meu pé. — Certo, vou pensar. Escute. Quanto ao negócio do Pergunte à Annie. Você realmente deduziu isso? Ou Geri descobriu de algum modo... — Por exemplo, porque o Scott, o ex-namorado dela, contou? — ...e contou a você?

— Descobri sozinho. E não se preocupe. Não vou contar a ela. Como não vou contar sobre a outra coisa.

— Que outra coisa? — perguntei, nem por uma fração infinitesimal de segundo esperando que ele dissesse o que disse em seguida, e que foi:

— Você sabe. Que você está apaixonada pelo ex dela.

Foi uma coisa boa nossa dança sob o refletor ter acabado nesse momento, caso contrário todo mundo no Baile da Primavera da Escola Clayton poderia ter visto direitinho minhas amídalas. Porque tenho certeza de que foi o quanto minha boca se abriu ao ouvir as palavras *apaixonada pelo ex dela*.

— Não estou. — Fiquei ali parada, falando feito uma idiota. — Certamente não estou... apaixonada... por... Scott Bennett.

— Por que não segue seu próprio conselho, Jen? — perguntou Luke quando dúzias de outros casais se juntaram a nós na pista. — Por que não diz a ele o que sente?

— E... esse foi meu conselho para *você* — gaguejei. — Quero dizer, para o Scott. Quero dizer... ah, não sei o que quero dizer.

— Bem — disse Luke quando Geri Lynn apareceu de repente, sorrindo, ao lado dele. — Também não sei o que você quer dizer. Mas sei de uma coisa.

— O quê?

— Tem uma limusine esperando lá fora, que pode levá-la aonde você quiser.

— Ahn... — falei, porque a informação não tinha absolutamente nenhuma utilidade. — Obrigada.

E então ele se afastou para dar autógrafos a algumas pessoas que simplesmente não conseguiram se aguentar e vieram com seus programas do Baile da Primavera, implorando.

— Olha, você está mesmo legal com relação a isso? — perguntou Geri, assim que ele se afastou. — Quero dizer, sobre o Luke e eu?

— Ah, meu Deus, claro — falei, a sério. — Eu disse: nós somos apenas amigos.

— Você é a melhor, Jen — disse Geri, apertando minha mão. — Nada disso teria acontecido sem você. Estou tão feliz! Nunca poderia agradecer o bastante. Como o Luke disse, você é realmente especial.

É. Eu era especial mesmo. Por isso meu acompanhante ao Baile da Primavera tinha me deixado na mão.

Disse a Geri que estava feliz por ela (de novo) e voltei à nossa mesa, onde Steve estava massageando o pé de Trina. Aparentemente é possível ganhar bolhas no Baile da Primavera mesmo que seus calçados novos sejam tênis.

— Geri Lynn é uma vagaba — foram as palavras alegres com que fui recebida por Trina. — Imagine só, dando em cima do seu homem. E bem na sua frente!

— Relaxa, Trina. Eu disse aos dois que não tinha problema. Luke e eu somos ape...

— Apenas bons amigos — ecoaram Trina, Steve, Liz Entediada, Brenda Durona e seus acompanhantes.

— Bem, somos sim — falei, meio na defensiva. Por que ninguém acredita?

— O Baile da Primavera é uma bosta — observou Trina um segundo depois. — Sabe o que eu queria? Queria nem ter vindo a esse negócio idiota. Queria ter ido à festa Antibaile da Primavera do Kwang. Aposto que o pessoal lá está se divertindo bem mais do que nós.

E foi então que saquei.

Quero dizer, o que Luke tinha dito sobre a limusine.

— Por que não vamos? — falei com o coração martelando meio desconfortável sob as flores dadas por Luke. — Vamos à festa do Kwang. É cedo, só dez horas. A festa ainda deve estar começando.

— Ouvi dizer que eles vão fazer uma fogueira — disse Liz Entediada, cheia de desejos.

— Vamos — falei. — Luke disse que a gente podia pegar a limusine.

Trina piscou.

— Sério?

— Claro. Para que ele precisa da limusine? Ele tem a Harley.

— Hora de pisar fundo — disse Steve pondo o pé de Trina no chão.

253

Não nos incomodamos em dizer adeus a Luke e Geri. Porque eles estavam ocupados demais dando amassos na pista de dança para ser interrompidos. Pude ver o dr. Lewis olhando-os em dúvida.

Não havia muita coisa que o diretor pudesse fazer a respeito, claro. Geri tinha dezoito anos, era adulta. Se ela e Luke quisessem alugar um quarto no hotel mais tarde... bom, quem poderia impedir?

Mesmo assim, eu apostaria que Doce Lucy iria tentar.

Pensei meio sem graça nas manchetes do dia seguinte. Você sabe, quando a imprensa descobrisse que Luke havia me trocado por outra garota.

Ou talvez eles abordassem outro ângulo. Você sabe, um ângulo em que eu havia largado Luke no Baile da Primavera para ir a outra festa. Nunca se sabe. Poderia acontecer.

Quando o motorista da limusine parou diante da casa do Kwang — que era uma gigantesca sede de fazenda no campo, com um grande celeiro, milharais e sua própria floresta com um riacho passando e coisa e tal... o lugar perfeito para dar festas barulhentas com fogueiras e fogos de artifício ilegais — ele disse com um certo ceticismo:

— É realmente aqui que vocês querem ficar?

Nossa resposta foi entusiasmada.

— É, obrigada! — enquanto saíamos do carro e corríamos para o brilho distante da fogueira.

Todo mundo estava lá. Bem, todo mundo que não estava no Baile da Primavera. Havia compridas mesas de piquenique com pilhas de batatas fritas e refrigerante, e um aparelho de som ligado a duas caixas enormes vibrando com volume suficiente para ser ouvidas por praticamente metade do estado.

Kwang estava sentado diante da fogueira segurando uma vareta. Na ponta da vareta havia um *marshmallow*. Sentada ao lado de Kwang estava Vera Schlosburg. Em seu colo havia um saco de biscoitos e algumas barras de chocolate comidas pela metade. Os dois deram risinhos culpados quando chegamos.

E se o fino fio de *marshmallow* gosmento que ia da boca de Kwang até a de Vera servisse como indicação, eu sabia que eles não estavam se sentindo exatamente culpados por terem abandonado a dieta.

Mas nenhum de nós optou por falar a respeito. Pelo menos naquela hora. Em vez disso todo mundo ficou ao redor, pedindo varetas e marshmallows, falando do que tinha acontecido no Baile da Primavera. A história de eu ter ganhado o concurso de rainha do baile foi uma tremenda curtição. Ouvi um riso familiar e me virei...

...e ali estava Scott, sentado num tronco do outro lado da fogueira.

E eu soube. Assim.

Bem não *exatamente* assim. Quero dizer, meu coração deu uma reviravolta bem séria no peito. E de repente senti que não podia respirar. Esses eram indicativos bem fortes.

Só que naquele momento eu finalmente soube o que eles indicavam.

Que eu estava apaixonada por Scott Bennett. Que estivera apaixonada por ele durante toda a vida, praticamente. De súbito todas aquelas imagens relampejaram diante dos meus olhos ofuscados pela fogueira — o nome de Scott acima do meu no cartão de *O enigma de Andrômeda*, Scott saindo de seu carro no estacionamento, anos depois, no dia em que fomos para o retiro; Scott me levantando para aquele tronco; Scott examinando meu *layout* do jornal; Scott me perseguindo no estacionamento do Chi-Chi's com aquele balde; Scott me ajudando a resgatar Betty Ann...

E eu soube. Soube finalmente. O que Trina sabia o tempo todo. Aparentemente Luke também.

Mas até aquele momento eu não fazia ideia.

Mas agora sabia.

Motivo pelo qual fiz o que fiz em seguida. Fui me sentar bem ao lado dele, resolutamente ignorando a pulsação irregular, a respiração subitamente curta e, acima de tudo, a convicção incômoda de que talvez estivesse atrasada demais. De novo.

— Oi — falei ao Scott. Nem sei como consegui pôr a palavra para fora, mas consegui.

— Oi — respondeu ele. — Isso aí é o diamante Hope? Ou uma réplica incrivelmente realista?

Falei:

— O quê? — E depois: — Ah — enquanto levantava a mão e ficava sem graça ao perceber que ainda estava usando a coroa. Tirei-a e pus no tronco entre nós. — Desculpe, sou uma rainha.

— Foi o que sempre achei — disse Scott, galante. — *Marshmallow?*

Ele me presenteou com um *marshmallow* que estivera assando cuidadosamente na ponta de uma vareta.

— Claro — respondi e tirei-o com cuidado da vareta. — Obrigada.

— E então — Scott pôs outro *marshmallow* na vareta e levou às chamas. — Acabou o Baile da Primavera?

— Ah, não. Continua.

E de repente me lembrei de quem ainda estava lá. Quero dizer, no baile. Luke. E Geri. A ex-namorada de Scott. E se ele me perguntasse? E se perguntasse o que tinha acontecido com meu acompanhante? Seria mesmo verdade que ele estava apaixonado por outra? E se fosse de Geri que ele ainda gostasse?

— Você não estava curtindo? — perguntou ele.

— Ah, não é isso — falei em tom mais leve do que realmente me sentia. — Estava.

— O que aconteceu com o Luke?

Pronto.

— Bem — comecei devagar.

Mas por acaso nem precisei ir em frente. Porque Scott disse:

— Você sabe, não sabe? Sobre a Geri?

Eu não tinha comido o *marshmallow* que ele me deu. Acho que não teria conseguido comer nada, se tentasse. Por isso, quando ele falou aquilo, bem, minhas mãos ficaram meio entorpecidas e o *marshmallow*, mesmo grudento como estava, escorregou dos dedos e caiu se desmilinguindo aos meus pés.

— *Você* sabe? — Minha voz falhou.

Scott olhou para o *marshmallow*.

— Sei. Geri me disse.

— Quando?

— Ontem.

Ontem?

— Por que não me contou?

— Eu tentei. No carro, lembra?

Então era *isso*?

— Acho que eu deveria ter tentado com mais empenho. Mas...
— Scott me deu outro *marshmallow*, perfeitamente dourado por fora.

— Achei... bem, achei que você poderia ficar chateada.

Larguei o segundo, também.

— *Chateada*? Por causa do Luke e da Geri? — Encarei-o. — Por que *isso* iria me chatear?

Ele ficou surpreso.

— Bem, porque...

— Ah, meu Deus — disse Trina desmoronando no tronco ao meu lado. — Vocês viram aquele fio de *marshmallow* entre Vera e Kwang? Confesse, Scott. Aqueles dois estavam se agarrando antes de a gente chegar?

— Não sei — respondeu Scott.

Quando olhei para Scott de novo peguei-o olhando para mim, e não para Trina. Poderia me aventurar a dizer que ele estava me olhando com intensidade, mas a verdade é que eu só podia avaliar pelo fato de que sua cabeça não estava se mexendo. Eu não podia ver seus olhos porque as chamas da fogueira os haviam posto numa sombra profunda.

Mas juro que, pelo jeito como ele estava me olhando, por um minuto quase pensei...

Bem, quase pensei que talvez *eu* fosse a garota misteriosa por quem ele estava supostamente apaixonado. E que, você sabe, ele não tinha dito nada porque...

— Bem, *eu* acho que eles estavam se embolando — continuou Trina. — E com a boca cheia. Desculpem, mas se o Steve tentasse me beijar com a boca cheia de doce eu diria: até outra, meu chapa. Mesmo ele sendo, vocês sabem, minha alma gêmea e tal.

258

— Jen — disse Scott subitamente. — Quer dar uma volta?

Trina o olhou como se ele fosse maluco.

— Não vão dar uma volta *agora*. Os fogos de artifício vão começar.

Mas se alguém acha que eu iria dispensar uma volta com Scott em troca de fogos de artifício ilegais... bem, eu teria que dizer que a pessoa está pirada.

— Claro — falei, de algum modo conseguindo parecer casual, mesmo estando com o coração na garganta. — Vamos dar uma volta.

Pergunte à Annie

Faça à Annie suas perguntas de relacionamento pessoal mais complexas. Ande, tome coragem! Todas as cartas à Annie estão sujeitas a publicação no *Register* da Escola Clayton.
Os nomes e endereços de *e-mail* dos que enviarem as correspondências serão mantidos em segredo.

Querida Annie,
Mas eu realmente o amo. E realmente preciso da sua ajuda. Devo dar o primeiro passo? Será que isso vai fazer com que eu pareça uma vagabunda? Mas e se eu esperar que ele dê o primeiro passo e outra garota agarrá-lo primeiro? Mas não quero ficar pressionando porque você sempre diz que isso é um corta-barato. O QUE EU FAÇO?
   Mais Desesperada do que Nunca

Querida Desesperada,
NÃO SEI!!!!! Também ainda estou tentando descobrir.

Annie

Dezoito

Notei que Scott não foi muito longe. Só o bastante para ninguém ouvir nossa conversa.

Ainda era possível escutar a música — se bem que agora o som dos grilos na grama sob nossos pés era mais forte do que os esforços de John Mellencamp. Eu ainda podia ver as pessoas em volta da fogueira, mas não podia identificar as feições. Notei que estávamos andando em direção ao pequeno bosque perto do celeiro de Kwang. O bosque por onde passava o riacho.

Foi meio engraçado o modo como Scott e eu fomos parar no bosque juntos.

— Se a sociedade que conhecemos acabasse e eu tivesse de reconstruir — disse Scott, abaixando-se e arrancando uma flor de cenoura silvestre —, não deixaria nenhum ator entrar em minha nova civilização.

Tenho de admitir que sorri um pouco ao ouvir isso. Apesar do coração martelando.

— Ah, é? E os jornalistas?

— Ah, eu deixaria os jornalistas — disse Scott, girando o ramo entre os dedos. Parecia um guarda-chuva minúsculo. — Porque é preciso ter alguém para registrar o que está acontecendo. Para que a nova sociedade não cometa os mesmos erros da antiga.

Mesmo à luz distante da fogueira, pude ver os dedos de sua mão livre indo para as pétalas minúsculas no centro da flor.

Minha mente saltou no mesmo instante de volta a uma tarde no retiro. O sr. Shea tinha contado a velha história de que, se a gente arrancar a parte roxa da cenoura silvestre, ela morre, porque as minúsculas pétalas roxas são o coração da planta.

Por isso falei, sem nem mesmo pensar no que fazia ou dizia:

— Não, não, assim você vai matá-la.

Então pus a mão sobre a dele, para impedi-lo...

E a próxima coisa que notei foi que Scott havia largado o ramo de cenoura silvestre. E suas mãos estavam segurando meu rosto. E ele estava me beijando como se nunca fosse parar.

E eu o estava beijando de volta.

E nem estava imaginando, porque não podia imaginar detalhes como as mãos de Scott cheirando a *marshmallow* e cenoura silvestre... e tão ásperas em minhas bochechas, mesmo me segurando com toda a suavidade... e o gosto dos lábios dele, a princípio açucarados e depois nem um pouco açucarados... e a sensação deles, macios a princípio e depois nem um pouco macios...

E então suas mãos não estavam mais segurando meu rosto. Tinham ido até a cintura me puxavam para ele até nossos corpos se unirem, e pude sentir sua pele encostada à minha, e meus braços estavam ao redor de seu pescoço, e o buquê de Luke foi esmagado contra o peito de Scott...

...e o alfinete que o prendia ao meu vestido se cravou no meu peito.

— Ai — falei. Soltei Scott e dei um passo atrás.

— O quê? — O olhar de Scott estava desfocado e parte dos cabelos em sua nuca estava eriçada, onde eu havia passado os dedos entre eles. — O que há de errado?

— Nada — falei. Porque não havia nada errado. Pela primeira vez em toda a vida parecia que tudo estava subitamente, fantasticamente certo. — Só que...

— Sinto muito — disse Scott. Mas não parecia lamentar nem um pouco. — Mas eu *tinha* de fazer isso, Jen. Porque... porque sei que provavelmente nunca mais terei outra chance.

Enquanto ele falava eu estivera soltando o buquê do Luke. Agora larguei-o. As flores desapareceram no capim escuro e comprido.

— O que você está falando? — perguntei, sem certeza se queria ouvir.

— Sei que você disse que vocês eram apenas bons amigos. — Scott parecia mais frustrado do que um cara que estivera beijando seriamente. Em especial considerando que eu definitivamente havia beijado de volta. — Mas... bom, quero dizer, não sou idiota. Ele é *Luke Striker*, Jen.

— O que... *isso aqui*... tem a ver com o Luke? — perguntei genuinamente perplexa...

...e, pelo som ansioso da voz dele, começando a sentir menos que tudo estava finalmente perfeito e mais como se houvesse algo com que *eu* também devesse estar ansiosa.

— Só estou falando — disse Scott, como se nem tivesse me ouvido. Não estava me olhando. Olhava de novo a fogueira. — Quando encontrei você de novo, no retiro do verão passado, achei que você era... bem, achei você bem incrível. Mas não sabia se você sentia o mesmo por mim. Quero dizer, você era legal demais. Mas você *sempre* foi legal. Com *todo mundo...*

Se ele tivesse me dado uma facada no coração não doeria tanto. *A Jenny Greenley boazinha, a melhor amiga de todo mundo.*

— Era realmente difícil deduzir o que acontecia com você — continuou Scott, falando rápido e baixo, como se tentasse pôr tudo para fora antes de mudar de ideia. — Se você gostava de mim, quero dizer, se gostava *mesmo* de mim ou se só gostava de mim como gostava de todo mundo. E então Geri disse que você realmente não namora...

Ah, meu Deus. Geri estava totalmente morta.

— ...e eu achei, você sabe, que não era para ser. E Geri foi bem simpática e coisa e tal, e uma coisa levou a outra, e...

Mortinha da silva.

— Bem, você sabe.

Ah, imagine se eu não sabia!

— Por isso decidi: bom, é isso aí. Mas foi tipo... — Aqui, ainda sem me olhar, Scott passou a mão pelo cabelo num gesto que não era muito diferente do de Luke. — Eu realmente não conseguia tirar você da cabeça. E quanto mais tempo passava com você... sabe, no almoço, nas reuniões do *Register*... mais percebia que era com *você* que eu queria estar, e que Geri e eu... simplesmente não éramos certos um para o outro.

Certo. Talvez eu a deixasse viver. Um pouquinho.

Finalmente Scott se virou de volta para mim e, me espiando com olhos indecifráveis na escuridão, disse:

— Mas aí apareceu o Luke.

— Certo — falei, ainda não entendendo o que Luke tinha a ver. — E?

— E... Bem. Ele é o *Luke Striker*, Jen.

— *E?*

— Não venha com *"e"* para cima de mim, Jen. Foi você quem concordou em ir ao Baile da Primavera com ele.

— É.

E então lentamente... muito lentamente... comecei a perceber. O que Scott estava tentando falar.

De repente, um monte de coisas que tinham me confundido antes faziam sentido. Como os guardanapos do Dairy Queen. O motivo para Scott ter me dado os guardanapos em vez de me beijar não era porque não se sentia atraído por mim.

Ah, não. Era porque achou que eu estava apaixonada por Luke Striker.

Ele achou que eu estava em outra.

Era o que ele queria me perguntar naquele dia no carro. Agora eu sabia. Era essa a pergunta. Se eu estava ou não apaixonada por Luke Striker.

E de repente, mesmo continuando escuro — e para dizer a verdade, sentindo um pouco de frio no meu vestido de *chiffon* — foi como se o sol tivesse saído.

Sério. Foi como se o sol tivesse saído e estivesse jorrando sobre mim, me aquecendo.

265

— Eu fui ao Baile da Primavera com o Luke — expliquei sentindo-me ofuscada pelo modo como ele me olhava... como se eu *importasse* — porque ele *pediu*. Não porque esteja apaixonada por ele, Scott. Na verdade, provavelmente eu sou a única garota em toda esta cidade que *não* está apaixonada por ele. E nunca estive.

— Verdade mesmo? — Scott pegou uma das minhas mãos e segurou firme com as duas dele. Não com força, mas não exatamente como se fosse soltá-la tão cedo. — Então você não se incomoda por ele... por ele ficar com Geri? Você não... você nunca...?

— Claro que não. — Não pude evitar um riso. Era como se estivesse num filme. O sol brilhava, passarinhos cantavam ao redor da minha cabeça. Achei que a qualquer segundo um arco-íris surgiria e um coral apareceria cantando "Day by Day". — Eu nunca amei o Luke...

E então — incrível, mas verdadeiro — a coisa simplesmente saiu. A verdade. Tão facilmente quanto se estivéssemos falando de livros ou algo assim.

— ...como amo você.

Pronto. Tinha falado. Estava ali fora, flutuando no espaço. A palavra começada com *A*.

Assim.

Meio desejei poder pegá-la de volta e enfiar na boca...

...até que Scott apertou minha mão. Agora *definitivamente* parecia que ele não iria soltá-la tão cedo.

— Você falou que me *ama*? — perguntou ele.

Bem, o que deveria fazer? A coisa estava feita. Eu tinha dito. Agora não havia como recuar.

E sabe de uma coisa? De repente eu não queria.

— Só desde... tipo... a quinta série — falei. Sabia que era bobagem, mas não me importava. — *Por isso* nunca namorei ninguém. Quero dizer, você se mudou. Mas aí você voltou e eu...

Não consegui falar muita coisa depois. Isso porque Scott me agarrou e me puxou.

E começou a me encher de beijos de novo.

E dessa vez não o fiz parar.

Beijamos durante todos os fogos de artifício. Nem notamos que *houve* fogos de artifício...

...acho que porque estávamos fazendo nossos próprios fogos de artifício.

Quando finalmente voltamos à fogueira — com o braço de Scott em volta dos meus ombros e o meu na cintura dele —, Trina veio correndo, dizendo:

— Onde vocês *estavam*? Perderam todo o... Ei. O que...? — Então seus olhos ficaram enormes. — *Ah.*

Acho que ela finalmente viu o braço de Scott em volta de mim. Ou talvez tenha notado o sorriso beatífico em meu rosto. Pelo menos foi o que me disse mais tarde. Que eu parecia beatífica... mesmo com as flores de cenoura silvestre no prendedor de cabelo, em vez dos miosótis com os quais eu tinha começado.

Mas acho que você também ficaria beatífica se o homem que você amava desde a quinta série tivesse dito que também amava você.

Scott concordou com Luke e Geri que eu deveria concorrer a presidente do corpo estudantil no ano seguinte. Diz que até vai fornecer todos os biscoitos, bolinhos e outras coisas para qualquer venda que Vera e Trina, que são minhas administradoras de campanha, possam querer fazer.

E mesmo que eu jamais recuse qualquer oportunidade de provar algo preparado pelo Scott, acho que presidente do corpo estudantil talvez seja pensar um pouco baixo demais.

Devo dizer que estou pensando... uma garota com minhas habilidades de lidar com as pessoas? Bem...

Por que não a Casa Branca?

Curtindo L.A. Dizem que...

Luke Striker foi visto ontem na Rodeo Drive passeando com sua atual namorada firme, a caloura da UCLA Geri Lynn Packard, usando um curativo no bíceps direito. Segundo as fofocas, Striker fez uma remoção a *laser* da tatuagem que sobrou do caso do ano passado com Angelique Tremaine, a estrela de *Lancelot e Guinevere*...

ESTREANDO...

Veja Luke Striker em *US 30*... Será que um formando do ensino médio pode salvar sua cidade em Indiana de um ataque terrorista ao mesmo tempo que conquista a garota de seus sonhos? Os críticos Ebert e Roeper dizem que o desempenho de Striker é um *tour de force* e dão ao filme "dois entusiasmados polegares para cima".

Também estrelando Lindsay Lohan como "Jenny Green".

Pergunte à Annie

Faça à Annie suas perguntas de relacionamento pessoal mais complexas. Ande, tome coragem! Todas as cartas à Annie estão sujeitas a publicação no *Register* da Escola Clayton. Os nomes e endereços de *e-mail* dos que enviarem as correspondências serão mantidos em segredo.

Querida Annie,
Certo. Segui seu conselho e disse a ele. E adivinha só! Por acaso ele me ama também!
 Então... o que faço agora?
 Desesperada Nunca Mais

Querida Desesperada Nunca Mais
Viva feliz para sempre.

Annie

Este livro foi composto na tipologia Lapidary333 BT, em
corpo 12/17, e impresso em papel off-set 90g/m^2, no
Sistema Digital Instant Duplex
da Divisão Gráfica da Distribuidora Record.